KB063234

시가 있는
바닷가
어느 교실

읽어 두기

아이들이 쓴 글은 맞춤법에 따르지 않고 그대로 실었습니다. 그리고 어떤 글에서 아이들 이름은 본디 이름이 아닙니다.

시가 있는 바닷가 어느 교실

최종득 씀

양철북

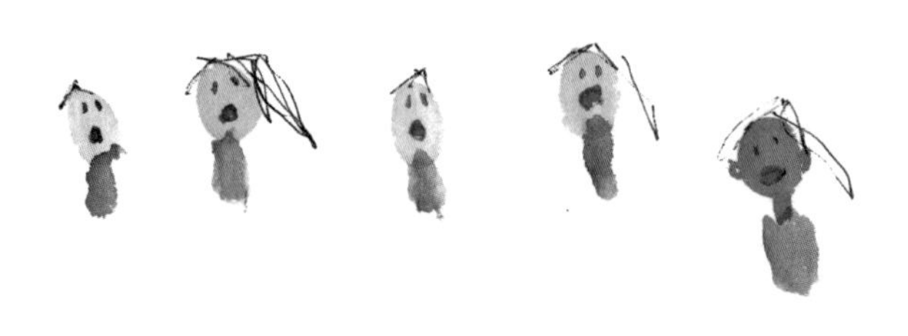

책을 내며

1999년 봄, 아이들 앞에 섰습니다.

다섯 살 때부터 초등학교 선생이 되고 싶었는데 막상 선생이 되고 나니 덜컥 겁이 났습니다. 그냥 선생이 아니라 좋은 선생이 되고 싶은데 그게 쉽지 않았습니다.

내 마음대로 아이들을 판단하고, 내 기분에 따라 아이들을 대하고 있다는 것을 알게 된 순간, 20년 동안 꿈꿔 왔던 삶이 와르르 무너지는 것을 느꼈습니다.

아마 그때부터였던 것 같습니다.

'내가 아이들과 함께할 수 있는 게 뭘까?'

'내가 어떻게 하면 아이들이 행복할까?'

이런 생각으로 아이 한 명 한 명을 바라보기 시작했습니다. 처음에는 말과 행동만 보였는데 시간이 지날수록 아이 마음이 보이기 시작했습니다. 그 마음을 조금만 알아줬을 뿐인데 아이들은 자기 이야기를 더 많이 해 주었습니다. 자기 이야기를 해 준 아이랑 비밀이 생기고, 그 비밀을 글로 옮기기 시작했습니다. 그 글은 자연스럽게 시가 되었고, 비밀의 주인공에게 되돌려 주었습니다. 시를 건네받은 아이들은 시 속 주인공이 자기라며 좋아했습니다. 어떤 아이는 속이 후련하다며 자기도 시를 쓰고 싶다고 했습니다.

그렇게 시작한 시 공부가 벌써 20년이 다 되어 갑니다.

아이들과 시 공부하면서 단 한순간도 시 잘 쓰기를 바란 적 없습니다.

그냥 아이들이 자기 이야기를 자기 말로 진솔하게 쓰기를 바랐습니다.

시를 쓰면서 위로받고 하루하루 즐겁게 살기를 바랐습니다.

이 책에 실린 글들은 아이들과 시 공부를 함께하면서 느끼고 생각한 것들을 정리한 글입니다. 어떤 글은 〈열린어린이〉와 〈어린이시회보〉에 실린 글을 다시 다듬었습니다.

글을 정리하면서 아이들한테 참 많은 빚을 졌다는 생각을 합니다. 솔직히 말하면 내가 아이들을 가르친 게 아니라 아이들이 나를 가르쳤습니다. 내가 길을 잃고 헤맬 때 손을 잡아 준 이도 아이들이었고, 힘들 때 먼저 다가와서 위로해 준 이도 아이들이었습니다. 혼자서는 힘들었을 길을 함께 걸어 준 어린이시교육연구회 식구들과 어린이시 교육의 길을 올바르게 걷게 해 주신 이지호 선생님, 고맙습니다.

시 한 편 쓴다고 아이들 삶이 바로 바뀐다고는 생각하지 않습니다. 그러나 그 시 한 편으로 자기 마음을 이해해 주는 사람이 생기고, 그 사람들 덕분에 학교생활이 즐거워진다면 얼마나 좋겠습니까.

마지막으로 이 책이 내가 만난 아이들과 앞으로 만날 아이들, 그리고 아이들과 함께 세상을 살아가는 어른들이 조금이라도 행복하게 살 수 있도록 도움이 되면 참 좋겠습니다. 늘 아이들 곁에서 아이 마음을 읽으려고 애쓰는 착한 어른으로 살겠습니다.

2018년 더운 여름 거제 바닷가 학교에서

쫀드기쌤 최종득

차 례

제1부

길을 찾는 아이들

내 삶을 바꾼 아이

경민이가 날 찾아왔다.

초등학교를 졸업하고 10년이 지났는데도 옛날 모습 그대로다.

경민이를 보자마자 자랑하듯 《붕어빵과 엄마》 시 모음집을 주었다. 책을 살펴보다가 가장 앞에 실린 자기 시를 보고 활짝 웃는다.

"선생님, 저 이 시 기억나요. 이 시 읽다가 제가 울었잖아요. 우리 반 애들도 다 울고. 결국엔 선생님도 울었잖아요."

"그래, 맞다. 지금도 생생하네. 그때까지 수많은 시를 읽었지만 눈물을 흘린 적은 없었는데 니 시 듣다가 처음으로 울었다

아이가."

"선생님, 사실 저는 이 시 때문에 참 행복했어요. 이 시 발표하기 전에는 아이들이 저를 싫어했거든요. 제가 옷도 예쁘게 입고 다니고 공부도 잘하고 솔직히 잘난 체도 많이 했어요. 그런데 이 시 발표하고 난 뒤부터 친구들이 저한테 참 잘해 줬어요."

"나도 기억나네. 처음에 니 봤을 때 바닷가 아이답지 않게 예쁜 빵모자도 쓰고, 남들이 잘 안 입는 치마를 입었지. 그런데 이 시 발표하고 나서는 무릎이 툭 튀어나온 체육복 입고 다녔잖아."

"맞아요. 사실 아버지가 전복 양식을 하다가 망해서 도망치듯이 전학을 왔어요. 우리 집 형편이 어려운 걸 알면 아이들이 절 무시할까 봐 더 그렇게 하고 다닌 것 같아요. 그 시 덕분에 친구들이 절 이해해 주고 좋아해 줬어요."

"이 시가 경민이 삶을 변화시켰구나. 사실 이 시는 경민이 삶뿐만 아니라 선생님 삶도 바꿔 놓았어. 그때는 말하지 못했지만 지금 내가 이렇게 아이들하고 행복하게 살 수 있는 것은 다 니 덕분이다. 정말 고맙다."

"아니에요, 선생님. 저는 선생님하고 같이 지낸 초등학교 때가 참 좋았어요. 시간 날 때마다 바닷가로, 산으로 다니면서 시도 쓰고, 공부도 하고. 지금도 가끔 그때 생각하면 힘이 나요."

10년 만에 만난 경민이와 이런저런 이야기를 나누면서 그 시절의 추억을 더듬었다. 지금도 내 기억 속에는 경민이가 시를 발표하다가 운 모습이 뚜렷이 남아 있다.

경민이는 바닷가 아이 같지 않았다. 옷도 예쁘게 입고 다니고 까칠하면서 완벽하려고 하는 성격이었다. 그런 까닭에 같은 반 여자아이들과 잘 어울리지 못했다. 솔직히 말하면 스스로 어울리려고 하지 않는 것 같았다.

5월 어느 날, 식구 이야기를 나누고 시를 쓰는 시간이었다. 경민이는 늘 하던 대로 가장 먼저 시를 쓰고 엎드려 있었다. 살짝 다가가서 경민이 시공책을 보다가 나는 깜짝 놀랐다. 지금까지 경민이에 대해 정말 모르고 있었구나 하는 생각에 미안한 마음이 들었다. 엎드려 있는 경민이에게 시를 발표해 줄 수 있냐고 조심스럽게 물어보았다. 별 대수롭지 않다는 듯 경민이는 발표할 수 있다고 담담하게 말했다.

경민이가 시를 발표한다고 했더니 또 잘난 체한다고 아이들이 수군거렸다. 경민이는 이런 소리에 이미 익숙한 터라 내색하지 않고 시를 읽었다.

가족사랑

우리 집은
의료보험증이 없다.

그래서 아프면
다른 사람 의료보험증을 빌린다.
그럼 난 다른 애가 된다.
그럴 때마다
"미안하다"
말 한마디에
마음이 풀린다. (2003)

처음에 건성으로 경민이를 바라보던 아이들이 경민이 시를 듣자마자 술렁이기 시작했다.

우리 집은
의료보험증이 없다.

"어, 경민이 집에 왜 의료보험증이 없지?"
"경민이 집, 잘살지 않나?"

그래서 아프면
다른 사람 의료보험증을 빌린다.
그럼 난 다른 애가 된다.

"어, 경민이 어떡해?"

"경민이 불쌍하다."

그럴 때마다

"미안하다"

아이들은 경민이 시를 들으면서 조금씩 고개를 숙였다. 그러다 경민이가 "미안하다" 부분을 읽다가 울어 버렸다. 시를 더 읽지 못하고 울면서 서 있는 경민이한테 아이들이 우루루 몰려갔다. 그리고는 울고 있는 경민이를 감싸 안고 같이 울었다.

나도 모르게 눈물이 나왔다.

두 달이 넘도록 경민이를 오해하고 경민이에 대해 자세히 알려고 하지 않은 나한테 화가 나서 울었고, 자기를 알려고도, 이해하려고도 하지 않는 사람들에게 받았을 경민이의 상처 때문에 울었다. 그리고 이런 가슴 아픈 이야기를 시로 써 준 경민이가 고마워서 울었다. 의료보험증이 없어 아플 때마다 의료보험증을 빌려야 하는 경민이 엄마의 안타까운 모습도 떠올라 울었다.

시를 발표하고 난 뒤부터 경민이는 더 이상 남에게 잘 보이기 위해 가식으로 생활하지 않았다. 누구보다 활달하고 즐겁게 지냈다. 두 달 동안 어떻게 자신의 끼를 감추고 살았는지 궁금할 정도로 경민이는 친구들 사이에서 가장 인기 있는 아이가 되었다.

그런 경민이가 10년 만에 내 앞에 있다. 초등학교 때의 귀여움은 없지만 행복하고 믿음직한 얼굴로 내 앞에서 10년 동안 지낸 이야기를 하고 있다. 잠깐 말로만 들었는데도 경민이가 얼마나 행복하게 살았는지 알 수 있다.

자신의 꿈을 향해 꾸준히 노력하겠노라고, 또 찾아오겠다는 말을 남기고 경민이는《붕어빵과 엄마》를 들고 떠났다. 떠나는 경민이를 보면서 만약 경민이가 '가족사랑'이라는 시를 쓰지 않았다면 어떻게 살고 있을까 생각해 본다. 모르긴 해도 지금보다는 덜 행복하지 않을까 싶다.

10년 넘게 아이들과 함께 시를 공부하면서 지치고 힘들 때마다 경민이가 쓴 '가족사랑'을 꺼내 읽는다. 그러면 나도 모르게 힘이 생긴다.

열한 살 소년의 할머니 사랑

도솔이는 참 특별한 아이다. 요즘 말로 하면 사차원 아이다. 그렇지만 도솔이의 사차원은 옆에 있는 사람을 황당하게 만드는 것이 아니라 기분 좋게 만든다. 한 학년 마칠 때쯤 담임선생님한테 3천 원을 건네면서 1년 동안 자기 가르치느라 수고 많았다고 맛있는 거 사 드시라고 말할 줄 아는 아이다. 학교 오다가 길가에 꽃이 하도 예뻐서 그 꽃을 꺾어 선생님한테 건넬 줄도 알고, 자기가 좋아하는 선생님이 담임선생님 되게 해 달라고 하루 내내 동네 성황당 나무를 돌면서 빌고 또 비는 아이다.

도솔이는 또래들보다 몸집이 크다. 그래서인지 행동이 조금 굼

뜨다. 그렇지만 그런 것에 스트레스를 받거나 짜증 내지 않는다. 물론 함께 있는 사람들은 도솔이의 느린 행동 탓에 한번씩 짜증을 내기도 하지만 도솔이는 그 짜증조차도 웃음으로 받아들이며, 도리어 짜증 내는 사람을 유쾌하게 만들어 버린다.

도대체 도솔이는 어떻게 이런 능력을 가지게 되었을까? 산과 바다를 좋아하고 자연 속에서 살고 있다고 누구나 이런 능력을 가지고 있는 것은 아닐 거다.

힘센 할미꽃

우리 집 마당에 할미꽃이 피었네.
콘크리트벽을 뚫고 올라왔다.
"할머니 힘도 쎄시네요?"
아마 그 꽃의 전생은 돌아가신 우리 할머니였을 거다.
역시 꽃을 아들 딸보다 일등으로 좋아했던 할머니.
우리 할머니가 힘이 쎄지셨네.

도솔이가 4학년이 되어서 처음으로 할머니에 대해 쓴 시다. 도솔이를 어릴 때부터 키워 주신 분은 외할머니다. 도솔이는 이모랑 외할머니랑 같이 살았다. 그렇다고 도솔이 엄마가 안 계신 것은 아니다. 엄마가 있지만 도솔이는 이모랑 같이 산다. 이모랑 같이 사는 게 훨씬 더 좋단다. 혹시 도솔이 마음을 아프게 할까 봐 도솔이한테 조심조심 식구 이야기를 물어보면 오히려 아무 일 아니라는 듯 자신 있게 자기는 엄마가 둘이라서 좋단다. 한 분은 자기를 낳아 준 엄마, 또 한 분은 자기를 길러 주는 이모엄마.

도솔이 이모는 집 짓는 일을 한다. 그래서 날마다 바쁘다. 아침 일찍 나가서 저녁 늦게 들어온다. 그래서 도솔이는 할머니랑 늘 붙어 다니면서 많은 시간을 보냈다. 그런 할머니였기에 기억 속에서 생각하는 것만으로도 도솔이는 행복했을 것이다.

무덤

무덤 위에 꽃이 피어 있다.
이 무덤에 묻힌 분은 꽃을 좋아했을 것 같다.
우리 할머니가 생각난다.
우리 할머니 무덤에는 진달래와 철쭉이 있다.
이 무덤이 우리 할머니 무덤이면 좋겠다.
그럼 자주 올 수 있기 때문이고
자주 볼 수 있기 때문이다.

5월, 부모님이나 식구를 생각하며 시를 써 보자고 했을 때도 도솔이는 엄마, 아버지, 이모가 아니라 할머니에 대한 시를 썼다.

4월에 쓴 시를 보면 할머니는 아들, 딸보다 꽃을 더 좋아하셨다. 할머니는 꽃에 물을 주는 것으로 하루 일을 시작했는데, 비 오는 날을 참 좋아했단다. 비가 오는 날이면 아픈 몸으로 꽃에 물을 주지 않아도 된다고.

아침 활동 시간에 학교 뒷산을 걷다가 무덤 위에 핀 꽃을 보면서 도솔이는 꽃을 좋아하던 할머니가 생각났단다. 자기 할머니 무덤은 너무 멀리 있어 자주 찾아갈 수가 없다며 그 무덤이 할머니 무덤이면 좋겠다고 말했다. 할머니 생각이 날 때마다, 할머니가 보고 싶을 때마다 할머니 무덤을 찾고 싶다는 도솔이 마음이 애절해서 더 이상 할머니 이야기를 물을 수 없었다.

바다는 거짓말쟁이

우리는 바다에 쓰레기를 버린다.
그래도 바다는 괜찮다고 힘찬 파도를 친다.
그렇게 바다는 거짓말을 하며 살아오다가
결국엔 쓰레기 바다가 되었다.
죽은 고기만 떠다닌다.
그렇게 아직도 바다는 거짓말을 하면서
괜찮다고 힘차게 파도를 치고 있다.
바다를 보니 우리 할머니 옛날 모습 같다.

아파도 아픔에서 벗어나기 위해서
발버둥치시던 우리 할머니가 생각난다.

5월 교내 백일장 때 도솔이는 또 할머니 시를 썼다. 도솔이는 바다와 정말 친한 아이다. 네 살 때부터 낚시를 시작해 동네에서 낚시 신동으로 불린다. 도솔이 말로는 낚시하는 모습이 방송에도 나왔단다. 지금도 주말만 되면 어김없이 낚시를 한다. 자기 주변에는 언제나 많은 어른들이 낚시 강의를 들으려고 모여든단다.

그런 도솔이가 바다를 볼 때마다 할머니가 생각난다니 안타까웠다. 도솔이는 늘 할머니와 함께 있었기 때문에 할머니가 아파하던 모습을 생생하게 기억하고 있다. 할머니는 죽음이 가까워오면서 견딜 수 없을 정도로 아팠을 텐데도 손자가 놀랠까 봐 끝까지 손자를 보살폈나 보다. 도솔이는 그런 모습 하나하나까지 다 기억하면서 시를 썼다.

할머니

할머니가 갑자기 생각난다.
쌤이 죽음과 관련된 시를 쓰라고 했다.
하지만 할머니 생각밖에 안 난다.
할머니 때문에 공부를 못하겠다.

할머니가 계속 생각난다.
할머니 무덤을 파서라도 보고 싶다.
그 예쁜 얼굴 생각하면 계속 눈물이 난다.

할머니가 너무 보고 싶었는데 자기 꿈에 할머니가 나타나 좋았다고 말하는 도솔이, 그러나 꿈에서도 결국 이별을 해서 두 번이나 이별을 했다고 자기 마음이 두 배로 아프다는 도솔이는 시도 때도 없이 할머니가 생각난다고 했다.

7월 어느 날 국어 시간에 죽음에 대한 이야기를 나누고 있는데 도솔이가 고개를 숙였다. 어디 아프냐고 물었더니 할머니가 생각난단다. 할머니가 너무 보고 싶어서 할머니 무덤을 파서라도 보고 싶단다. 얼마나 할머니가 보고 싶으면 할머니 무덤을 파서라도 보고 싶다는 마음이 들까?

도솔이와 할머니는 강한 끈으로 이어져 있다는 느낌이 들었다. 늙고 늙어 온 얼굴에 주름이 가득했을 할머니 얼굴을 도솔이는 예쁜 얼굴이라며 그리워한다. 도솔이가 쓴 시를 보면서 할머니를 그리워하는 마음이 너무 강해서 오히려 걱정이 되었다.

할머니 생각

맛있는 거 먹을 때

할머니 드리고 싶어서 할머니가 생각난다.
시장에서 혼자 앉아서
농사지은 거 파는 할머니들 보면
우리 할머니가 생각난다.
좋은 글 쓸 때면 할머니가 꼭 생각난다.
할머니는 내 시에 꼭 들어가야 하는 분이 아니라
그냥 생각나서 쓰는 거다.
모든 면에서 할머니가 생각난다.
할머니는 이 모든 이유로 내 마음을 울린다.

2학기 개학을 하고 도솔이가 또 할머니 시를 썼다. 생활하면서 순간순간 할머니가 생각난다는 도솔이. 할머니는 이 모든 이유로 자기 마음을 울린다는 도솔이. 할머니에 대한 사랑은 좀처럼 사그라들 줄 몰랐다. 도솔이를 옆에서 지켜보는 나도 어떻게 해야 할지 몰랐다. '가슴속에 꽉 차 있는 감정을 시로 쓰다 보면 언젠가는 옅어질 거야!' 하면서 도솔이 시를 마음으로 정성껏 읽으며 도솔이를 바라보는 게 내가 할 수 있는 전부였다.

까마귀

까마귀 한 마리가 날개가 다친 채로 도로에 있다.

차에 치일 듯 말 듯 한다.
구해주고 싶지만 나까지 다칠까 못 구하겠다.
결국 큰 트랙터가 다른 반대쪽 날개까지 밟아 버렸다.
충격이 컸는지 벌써 죽었다.
구해주지 못하여서 미안하다.
까마귀 가족이 죽은 까마귀 위를 날면서 운다.
울 할머니가 돌아가시고
우리 가족들이 울며 장례식을 치르는 게 생각난다.

아침에 학교 오다가 우연히 도로에서 까마귀가 차에 치이는 것을 보았단다. 구해 주고 싶었지만 구해 줄 수 없었다며 아쉬워했다. 죽은 까마귀 위로 다른 까마귀들이 날면서 울고 있는데 갑자기 할머니 장례식이 생각났단다.

도솔이는 이제 조금씩 할머니와 자기가 다른 세계에 살고 있다는 것을 깨닫고 있는 것 같다. 할머니의 장례식을 떠올리면서 할머니와 더 이상 함께할 수 없다는 것을 도솔이는 스스로 확인해 가고 있다.

할머니 시

할머니가 보고 싶었다.

그래서 시로 할머니를 만났다.

이제 시로 헤어진다.

12월 20일, 겨울방학을 앞두고 도솔이가 마지막으로 쓴 할머니 시다. 할머니가 보고 싶어서 시로 할머니를 만났다는 도솔이. 그리고 이제는 시로 할머니와 헤어질 수 있다는 도솔이. 이 시를 쓰고 난 뒤 도솔이는 이제 더 이상 할머니 시를 안 써도 되겠다고 말했다.

물론 앞으로 도솔이가 할머니 시를 쓸 때도 있겠지만 그러면 또 어떠랴. 도솔이가 할머니의 죽음을 받아들이고, 할머니의 죽음을 슬픔이 아니라 소중한 기억으로 받아들일 줄 안다는 것이 더 중요하다.

도솔이가 할머니를 생각하면서 쓴 시가 50편쯤 된다. 거의 주마다 한 편씩 할머니에 대한 시를 썼다. 그런 도솔이를 위해 도솔이만의 시집을 만들어 주었다. 도솔이는 자기의 첫 번째 시집 〈비녀 꽂은 우리 할머니〉 머리말에 이렇게 썼다.

시를 쓰기 전에 난 내 마음속으로 느낀 것을

표현하지 못하였지만

최종득 쌤과 시를 만남으로써

한순간 한순간을 잘 표현하게 되었다.

돌아가신 할머니를 시로써 오랫동안 기억할 수 있었다.

정말 시한테 감사한다.

비녀 꽂은 우리 할머니.

시로 언제든 만날 수 있는 우리 할머니.

나에겐 늘 고맙고 그리운 우리 할머니.

우리 할머니는 나에게 정말 특별한 할머니다.

할머니를 생각하면서 쓴 시라서 난 참 행복하다.

2014년 2월

김도솔

아름다움을
볼 줄 아는 아이

월요일 아침이면 미영이 얼굴부터 살핀다. 미영이 얼굴이 환하면 주말에 아버지를 만난 것이고, 미영이 얼굴이 어두우면 못 만난 것이다. 미영이가 아버지를 만나고 오면 내 마음이 덩달아 좋아 공부 시간이 즐겁다. 미영이가 아버지를 못 만나고 오면 내 마음도 무거워서 월요일 첫 시간부터 공부할 힘이 안 난다.

미영이는 할머니, 할아버지랑 같이 산다. 엄마는 8개월 때 자기를 놔두고 집을 나갔다고 했다. 아빠는 1학년 때 일하다가 허리를 크게 다쳐 부산에 있는 병원에서 지낸단다. 병원에 계신 지 거의 3년쯤 되었다.

미영이를 만난 것은 2011년, 미영이가 2학년 때다. 처음 만났을 때 잘 삐치고 친구들과 어울리지 못했다. 미영이 할머니는 어떤 엄마 못지않게 잘 챙기고 살뜰히 대했지만 미영이 얼굴에는 늘 그늘이 있었다. 나도 미영이가 늘 조심스러웠다. 뭔가 말을 붙이려고 하면 미영이는 슬그머니 자리를 떠났다. 그런데 만난 지 석 달 만에 처음으로 미영이가 자기 마음을 보여 주었다. 미영이 얼굴이 왜 그늘져 보였는지, 왜 미영이한테 다가가기 힘들었는지 미영이가 쓴 시를 보고 알 수 있었다.

우리 아버지

아버지께서 병원 침대에
누워계실 때 눈물이 날려고 했다.
우리 아버지 이렇게
큰 사고는 처음이었다.
작은 사고도 일어났지만
큰 사고는 처음이어서
깜짝 놀랐다.
아버지가 빨리 나으시려면
지금보다 말씀도 잘 듣고
기원해야 되겠다.

미영이가 아버지 이야기를 써서 나에게 보여 주었다. 미영이가 쓴 시를 받고는 어떻게 말해야 할지 몰라 망설였다. 나를 자꾸 피하고 친구들과 잘 어울리지 못하는 미영이가 조금은 힘들었는데, 그런 마음을 미영이가 눈치챘을까 봐 많이 미안했다. 우물쭈물하고 있는데 미영이가 별 말 없이 시공책을 주고는 그냥 씩 웃고 가 버렸다. 자리로 돌아가는 미영이한테, "미영아, 힘내라. 파이팅!" 이 말밖에 하지 못했다.

아버지의 장난

아버지는 병상에 누워계시면서도
내가 아버지 병원에 가면 장난을
치신다. 겉으로는 안 아프신 척
속으로는 아프신 우리 아버지
그래도 장난은 잘 치신다.

미영이가 두 번째로 아버지 시를 써 왔다. 첫 번째 시보다는 병원에 누워 있는 아버지 모습이 드러나 있다. 일주일마다 보는 딸을 위해 많이 아픈데도 안 아픈 척하는 미영이 아버지. 그런 모습을 지켜보는 미영이. 나는 그저 막막하다.

그렇지만 미영이는 아버지의 속마음까지도 다 읽어 내는 똑똑

한 아이다. 미영이가 쓴 시를 보면서 "미영이처럼 마음 깊은 딸을 둔 미영이 아버지는 참 행복하겠구나" 하면서 웃었다.

선생님

선생님과 같이 껴안기 인사를
하다가 아버지 생각이
나서 울어버렸다.
선생님도 같이 울었다.
나와 선생님은 그렇게 같이
계속 울고 있었다.

미영이랑 생활한 지 반년이 훨씬 지났다. 미영이는 이제 친구들한테도 자연스럽게 주말에 아버지 병원에 다녀왔다고 말한다. 친구들도 미영이 아버지가 병원에 있다는 것을 알기 때문에 월요일에는 안부 인사로 아버지 만났냐고 묻는다. 그런데 11월 어느 날, 미영이가 도서관에서 책 읽다가 집에 간다고 교실로 왔다. 인사하고 간다며 나를 껴안는데 갑자기 흐느껴 울었다. 미영이가 왜 우는지 알 것 같아 나도 모르게 눈물이 나왔다. 그 이야기를 미영이가 시로 써 왔다. 미영이 시를 보면서 갑자기 아버지가 생각났다는 말이 떠올라 또 눈물이 나려고 했다.

부끄럽다

아빠 병원에 갔다.

내가 물기 있는 곳을 밟아버렸다.

엘리베이터 앞에서 발라당 미끄러졌다.

지나가던 간호사 언니들이 깔깔깔 웃었다.

옆에 있던 아빠도 하하하 웃었다.

나는 너무 창피했다.

옷도 다 젖었다.

옷이 젖어서 병원 복도를 달렸다.

옷이 빨리 마르길 소원하면서

냅다 달렸다.

2013년. 4학년이 되어 다시 미영이를 만났다. 미영이는 많이 활발해졌다. 한번씩 삐치기는 하지만 삐치는 횟수가 많이 줄어들었다. 삐쳐 있는 미영이한테 내가 "10분만 삐치기" 하면 미영이는 진짜 10분 동안만 삐쳐 있다가 다시 환한 얼굴로 돌아왔다.

이제 미영이는 주말마다 아버지가 있는 병원에 가는 것이 생활이 되었다. 병원에서 있었던 일을 재미나게 시로 쓰기도 했다. 미영이는 이제 아버지가 아픈 것에 대해 괴로워하지 않는다.

아빠가 생각난다

시원한 바다를 보면

시원한 성격인 아빠가 생각난다.

자유롭게 나는 새를 보면

병원에만 지내는 아빠가 생각난다.

집에도 마음대로 못 오는 아빠 때문에

집에 오면 제멋대로 아빠가 생각난다.

난 하루 내내 아빠 생각뿐이다.

미영이는 또래 아이들에 비해 생각이 깊다. 그래서 다른 아이들보다 마음을 읽어 내기가 참 힘들다. 미영이가 아버지를 만나고 집에 와서 일기장에 시를 써 왔다. 미영이가 쓴 시를 보면서 이제 미영이가 아버지를 마음으로 받아들이고 있다는 생각이 들었다. 아버지를 만나고 온 날은 하루 내내 아빠 생각뿐이라는 글을 보면서 나도 모르게 이제는 미영이가 스스로 그런 아픔을 견딜 수 있는 힘이 생겼다는 생각이 들었다.

할머니

할머니는 나랑 사정이 비슷하다.

할머니도 어릴 때 아빠가 돌아가셨다고 한다.
할머니도 아빠의 빈 자리가 크고
나도 아빠의 빈 자리가 크다.
할머니도 아빠가 보고 싶을 것이다.
나도 보고 싶다.
하지만, 할머니는 아빠를 영원히 볼 수 없지만
나는 아빠를 조금이라도 볼 수 있으니 다행이다.

요즘 미영이는 나한테 자기가 사춘기라고 말한다. 그래서 그런지 자주 할머니한테 짜증을 낸단다. 자기가 왜 짜증을 내는지 모르겠다던 미영이가 할머니에 대한 시를 써 왔다. 엄마도 없고 아빠도 병원에 있어서 세상에서 자기가 가장 슬픈 아이라고 생각하며 살던 미영이. 이제 할머니의 아픔도 볼 줄 아는 아이가 되었나 보다.

할머니는 할머니 아빠를 영원히 볼 수 없지만 그래도 자기는 아빠를 조금이라도 볼 수 있으니 다행이라는 미영이 말이 참 고맙다.

아름다운 우리 집

할아버지는 회사를 그만 두셨지만

일자리 구하러 다니는 것이 아름답고
할머니는 다리를 다치셨지만
활짝 웃는 것도 아름답고
아빠는 얼굴, 머리, 팔만 쓸 수 있고
밑에는 전부 다 마비가 되었지만
휠체어 타고 집에 오는 것도 아름답다.
우리 집을 지켜주는 우리 집 강아지 도꾸도 아름답다.
내 눈에는 그 아름다움이 다 보인다.

미영이를 처음 만났을 때는 나를 피하고, 마음을 열어 주지 않아 속상했다. 미영이를 조금씩 알게 되면서, 무엇보다 미영이가 쓴 시를 보면서 미영이 처지를 이해하게 되었고 미영이를 조금씩 사랑하게 되었다.

이제 미영이는 자기를 둘러싼 많은 것들에 대해 더 이상 힘들어하지 않는다. 2년이라는 시간 동안 미영이는 훌쩍 성장했다. 직장을 잃은 할아버지, 다리를 다치신 할머니, 하반신 마비가 된 아버지 모습에서도 아름다움을 볼 줄 아는 아이.

미영이는 힘들 때마다 마음속 이야기를 시로 달랬다. 미영이 곁에 시가 있어서 얼마나 다행인지 모른다. 시가 참 고맙다.

왜
나는?

산

산은 내가 바라는
모습

비가 와도 눈이 와도
불이 나도 상처는 받지만
무너지지 않는다.

나도 누군가
나를 배신해도
나를 멀리해도
나를 싫어해도
무너지고 싶지 않다.

산은
내가 바라는
모습 중
하나이다.

솔미는 말이 없다. 몸을 최대한 웅크리고 조용히 앉아서 책을 보거나 만화를 그린다. 말을 잘 하지 않는 데다 한번씩 말을 하면 신경질적으로 말한다. 욕도 잘해 듣는 아이들이 놀란다. 그래서 솔미는 늘 혼자다. 가끔 남자아이들과 말을 하기는 하지만 남자아이들도 솔미를 무서워한다.

솔미는 내가 비집고 들어갈 틈을 주지 않는다. 혼자 있는 솔미를 보고 내가 다가가면 솔미는 고개도 들지 않는다.

"고개 들어서 쌤 한번 봐 주면 억쑤로 좋겠는데."

내가 아양을 떨어야 겨우 고개 한 번 들어 준다.

그런 솔미가 '산'이라는 시를 썼다. 산은 "비가 와도 눈이 와도/

불이 나도 상처는 받지만/무너지지 않는다"고. 산은 자기가 바라는 모습이란다. 누군가가 자신을 배신해도, 멀리해도, 싫어해도 절대 무너지고 싶지 않단다.

솔미가 왜 친구들과 어울리지 않고 혼자만의 세상에 자기를 가두고 있을까? 이 세상에, 아니면 누군가에게 상처를 많이 받아서 그 상처를 내보이기 싫거나, 더 이상 상처를 받고 싶지 않아 자신을 꼭꼭 감싸고 있을지도 모른다는 생각이 들었다.

시를 보자마자 시가 너무 좋다고, 이렇게 잘 쓴 시는 처음 본다고, 마음속에 있는 말을 어떻게 이리도 잘 썼는지 대단하다고 솔미를 한껏 칭찬해 주었다. 처음으로 솔미가 웃는 것을 보았다. 그러면서 무슨 일이 있거나 힘든 일이 있으면 언제든지 말하라고 했다. 나는 절대 배신하거나, 멀리하거나, 싫어하지 않고 끝까지 바라볼 거라고 했다.

내 말을 듣자마자 솔미가 화내듯이 말했다.

"모든 선생님들이 처음에는 다 그렇게 말해요. 그런데 시간이 지나면 날 포기해요. 선생님도 그럴걸요? 내 주변에 있는 다른 사람들도 다 마찬가지예요."

화내듯이 말하는 솔미한테 한 번만 믿어 봐 달라는 말과 함께 답답하거나 짜증 나는 일이 있으면 시공책에 써 주면 좋겠다고 부탁했다. 솔미는 아무런 반응을 보이지 않았다.

우리 가족

우리 엄마 화내면
욕을 하면서 잔소리 한다.

어쩔 때는 날 팬다.
그냥 때리는 게 아니고
팬다. 욕을 쓰면서

내가 동생한테
상처 준다면서 하지
않은 말 막 나한테 뱉는다.

우리 아빠 잔소리 할 때
없는 말을 내뱉으면서
막 말한다.

우리 아빠는 찌질이다.
나랑 둘이 있을 때
나한테 화나도
제대로 화 안 내는데

엄마랑 있으면 없었던 일도
끄집어내서
날 혼나게 한다.

우리 동생은 완전
하는 짓이 여우다.

나만 있으면
내가 뭐라 해도
안 우는데
엄마, 아빠 있으면
눈물 안 나는데 억지로
눈물을 끄집어내서
우는 척 한다.

친척들이랑 있어도
그렇게 행동한다.
나만 혼나니깐
나는 미움 받으니깐

난 우리 가족이 싫다.

솔미가 가족에 대한 시를 썼다. 엄마, 아빠, 동생을 원망하는 마음이 시 곳곳에 녹아 있다. 자기는 늘 혼나고 미움받는 존재이기 때문에 가족이 싫다고 한다. 시에 나타난 것만 보면 솔미가 참 억울하겠다는 생각이 들었다. 자기만 빼고 엄마, 아빠, 동생은 모두 같은 편이라서.

공부가 끝나고 방과후 교실에 간다고 혼자 남은 솔미랑 잠시 이야기를 나누었다. '우리 가족' 시를 보니 솔미가 참 힘들겠다고 말했더니 솔미가 식구들 이야기를 했다.

아빠가 세 살 때 돌아가시고 엄마가 재혼을 했단다. 동생은 새아빠와 엄마 사이에 태어나서 엄마랑 새아빠 모두 동생만 좋아한다는 것이다. 자기를 좋아하는 사람은 아무도 없단다. 솔미 말을 듣고 보니 왜 엄마가 그렇게 솔미와 동생한테 민감한지, 왜 아빠는 솔미랑 단둘이 있을 때는 화를 안 내고 엄마한테 일러바치는지 알 것 같았다. 그리고 솔미가 동생을 왜 미워할 수밖에 없는지도 알 것 같았다.

솔미 어머니한테 전화를 걸었다. 솔미가 학교에서 어떻게 지내는지, 그리고 부모님과 동생을 어떻게 생각하는지 이야기를 나눴다. 솔미 어머니도 자신의 처지를 말하면서 솔미에게 많이 미안해하고 있었다. 솔미를 그렇게 대하면 안 되는 줄 아는데 자기도 모르게 말과 행동이 그렇게 된다고 했다. 솔미 어머니께 조금만 더 솔미 말을 잘 들어 주면 좋겠다는 부탁을 하고 전화를 끊었다.

왜 나는?

난 내 자신을
사랑하면서도 싫어한다.

무엇이 두려운지
무엇이 무서운지
왜 나는 이럴까?

왜 나는 무엇이
두려워
이렇게 약해졌을까?

옛날로 돌아가고 싶다.
가출할까?
후회된다.
그냥 죽을까?

왜 나는 이런 생각을
하는 거지?

이 세상 사람들을
저주할 거야.

왜 이런 마음을
품게 됐지?

나는 약해서
그런 거야.
힘들어도 울면 안 돼.

울면 안 돼.
수도 없이 외쳐도
왜 맨날 울지?

난 여전히 약하다.

1학기가 끝날 때쯤 쓴 시다. 틈날 때마다 자기를 괴롭히는 생각 때문에 어떻게 해야 할지 몰라 힘들어하는 모습이 절절했다. 보통 때는 잘 못 느끼지만 솔미가 웃을 때 활짝 웃는다는 느낌이 들지 않았다. 어디 한구석이 마음에 들지 않는다는 느낌이었다. 자신을 끊임없이 괴롭히는 이런 생각 때문에 그런 게 아닐까?

솔미는 자기 자신을 사랑하면서도 싫어한다. 자신이 약하기 때문에 싫어한다. 무엇이 두려운지, 무엇이 무서운지 시에는 나타나 있지 않지만 약한 자신을 싫어한다. 그리고 세상 사람들을 저주하는 마음을 갖게 된 자신을 싫어한다. 자신이 왜 이렇게 됐는지는 몰라도 중요한 것은 자신이 약하기 때문에 모든 것들이 싫단다. 그러면서 여전히 자신은 약하단다.

난 솔미의 마음을 다 알지 못한다. 그러나 중요한 것 한 가지는 알 것 같다. 솔미는 살면서 많은 사람들에게 상처받았다는 것을.

이제는 내가 편해졌는지, 아니면 믿을 만한 사람이라고 생각했는지는 몰라도 마음 깊은 곳까지 말해 주는 솔미가 좋다. 그래서 한마디 불쑥 했다.

"솔미야, 이제 쌤 믿것제?"

엄청난 대답을 기대했지만 솔미는 간단하게 한마디 했다.

"이제 50%는 믿을 것 같아요."

그러면서 웃는다.

보인다는 건

보인다는 건 좋다.

나무, 벌, 흙, 친구들

꽃 등을
볼 수 있으니깐

귀엽지만 무서운 벌
푸른 나무
예쁜 꽃

눈이 있어 볼 수 있는 것들

만약 눈이 안 보인다면
사랑하는 가족들
아름답고 신비한 자연들
좋아하는 음식들
거울에 비치는 나의 모습

아무 것도 모를 거다.
눈을 갖고 태어난
나에게
태어나게 해 준
부모님들께
너무 감사하다.

여름방학을 마치고 2학기 들어 처음으로 솔미가 시를 써서 가지고 왔다. 시를 보면서 내 눈을 의심했다. 지금까지 한 번도 자기한테, 부모님한테, 자기 둘레에 고맙다는 말을 한 적이 없는 솔미가 시에서 좋다고, 너무 감사하다고 말한 것을 보고 눈물이 날 뻔했다.

솔미가 울먹이는 날 보며 한마디 툭 던졌다.

"내가 쓴 시 같지 않죠?"

"그러게."

말은 그렇게 했지만 솔미는 내 마음을 눈치챘을 것이다.

솔미가 저번에 날 50%는 믿는다고 했는데 이제는 나머지 50%도 믿을 것 같다는 확신이 생겼다. 솔미한테는 자기 마음을 다 쏟아 내는 시가 있으니까 난 솔미가 쓴 시를 정성껏 읽어 주면 될 듯하다.

내가 바뀐 이유

현철이는 섬마을 작은 학교에서 소문난 말썽꾸러기였다. 친구들을 때려서 울리는 것은 보통 있는 일이고, 동네 어른들한테 버릇없이 굴어서 학교로 연락 온 적도 한두 번이 아니었다. 그리고 동네에서 자기 반 선생님을 욕하고 다녀 담임선생이 난처한 일을 당하기도 했다. 친구들은 현철이를 슬슬 피하기 시작했고, 학교 선생님들도 현철이 하면 절레절레 고개를 저었다.

현철이가 4학년이었을 때 담임을 맡았다. 현철이가 어떤 아이인지 들었기 때문에 최대한 현철이를 부드럽게 대했다. 공부 시간에도 현철이한테 칭찬을 많이 하고 현철이가 조금이라도 잘하면 친구들이 부러워할 정도로 폭풍 칭찬을 했다. 그래서 그런지 4학년이 되어서는 말썽도 조금밖에 안 피우고 친구를 때리지도 않았다.

4월 어느 날, 현철이가 친구를 심하게 때렸다. 현철이한테 친구를 왜 때렸는지 물었는데 그냥 때렸다고만 할 뿐 고개를 푹 숙이고 아무 말이 없다. 현철이를 보고 있으려니 화가 났지만 분명히 무슨 이유가 있을 것 같아 다시 현철이한테 말을 걸었다. 내가 자기를 얼마나 좋아하는지, 조금씩 변해 가는 현철이를 얼마나 자랑스럽게 생각했는지 진지하게 말했다. 내 말을 듣고 있던 현철이가 말을 하기 시작했다.

유치원 때 친구들 네 명이 자기를 놀리고 때렸는데 그때 일이 생각나서 때렸다는 것이다. 자기를 놀린 친구는 네 명인데 왜 한 명만 때렸는지 물어봤더니 다른 세 친구들은 1학년 때 한 명, 2학년 때 한 명, 3학년 때 한 명씩 다 때렸단다. 이제 한 친구만 남아서 때린 거란다.

현철이 말을 듣고 있는데 온몸이 오싹했다. 열한 살 아이 가슴에 얼마나 상처가 깊게 남았으면 해마다 이렇게 할 수 있는지. 그러면서 현철이가 한번씩 화내면 몸을 부들부들 떨던 것이 생각났다. 자신이 감당할 수 없을 정도로 마음속에 꽉 찬 응어리를 어떻게 풀어 줘야 할지 도저히 생각이 나지 않았다.

고개를 숙이고 있는 현철이한테 마음이 갑갑하거나 힘들 때 시를 써 보라고 했다. 마음속에 꼭꼭 담고 있는 것보다 시나 글로 쓰면 훨씬 더 편안해진다고.

현철이는 시 쓰는 시간에 좀처럼 시를 쓰지 않았다. 다른 친구들이 시를 쓰면 현철이는 그냥 창밖을 내다보거나 책상에 엎드려 있었다. 그런데 현철이가 어버이날에 처음으로 시를 썼다.

아빠 눈

새벽부터 일하러 나가시는 아빠
밥도 못 드시고 나간다.
일하는 곳에서는
상에 차려진 밥 한술 못 뜬다.
라면으로 때우는 우리 아빠
집에 들어오시면 눈이 따가운지
깜박깜박 거리면서 눈을 비빈다.
난 아빠가 일하러 가는 시간마다
아빠 잘 다녀오세요 라는 말밖에 못한다.
이러는 내가 밉다.

친구들을 많이 괴롭히고 선생님 욕도 서슴없이 하는 현철이가 쓴 시라고는 믿을 수 없을 정도로 따뜻한 시였다. 아침밥도 못 드시고 새벽에 일하러 가는 아빠에 대한 미안함과 고마움을 썼다. 현철이에게 이런 따뜻한 마음이 있다니.

현철이의 닫힌 마음을 열기 위해 장난도 치고 다른 친구들이 샘을 낼 정도로 잘 대해 줬지만 좀처럼 말과 행동은 나아지지 않았다. 이대로 포기해야 하나 생각하고 있었는데 현철이가 이 시를 써 줘서 참 고마웠다.

현철이가 쓴 시를 친구들한테 소개해 주었다.

친구들은 현철이가 쓴 시를 듣고는 모두 손뼉을 쳤다. 그리고 현철이가 쓴 시를 모든 선생님들한테 메시지로 보냈다. 그러면서 이런 말도 함께 곁들였다.

"우리 현철이가 처음 쓴 시입니다. 현철이를 보거들랑 시 진짜 잘 썼더라, 칭찬 한번만 해 주세요."

그 뒤로 현철이는 문제아가 아닌 시 잘 쓰는 아이로 통했다. 그때부터 현철이는 우리 반에서 시를 가장 열심히 쓰는 아이가 되었다. 현철이는 자기가 생각하고 있던 것이나 마음에 쌓아 두었던 것을 바로바로 시로 썼다. 다른 친구들도 현철이가 쓴 시를 듣고 나서는 조금씩 현철이를 다르게 보기 시작했다.

동네에서 말썽만 피우던 아이가 아닌 새벽부터 일 나가는 부모님을 끔찍이 생각하는 속 깊은 아이로 보기 시작했다. 학교 선생님들도 현철이가 쓴 시를 보고는 말썽만 피우던 현철이가 이런 멋진 시를 쓸 줄은 몰랐다면서 현철이를 따뜻하게 대해 주었다.

잠자리

거미줄에 걸린 잠자리를 보고
징그러운 거미가 두 눈을 크게 뜨고
잠자리에게 온다.
그냥 지나치려고 하다가
긴 막대기로 거미를 꼭꼭 찌신다.
거미는 달아난다.
잠자리는 끈적끈적 거리는 거미줄이
온 몸에 붙어서 날지도 못한다.
잠자리를 살리려고
거미줄을 빨리 떼 버렸다.
이제야 잠자리는 친구들과 함께 훨훨 날아간다.

현철이가 11월쯤에 쓴 시이다. 거미줄은 지금까지 가슴속에 담고 있던 현철이를 괴롭히던 수많은 것들이지 않았나 싶다. 어떻게 해서 현철이가 문제아가 되었는지 정확히 알 수는 없지만 수많은 사람들의 따가운 눈초리와 자신을 꽁꽁 얽어매고 있는 것들을 거미줄 걷어 내듯이 스스로 걷어 낸 게 아닐까. 현철이가 어떤 마음으로 시를 썼는지 정확히 알 수는 없지만 열 달 정도 옆에서 지켜본 나는 그런 생각이 들었다.

이제 아무도 현철이를 문제아라든지 싸움만 잘하는 무서운 아이라고 하지 않는다. 자기가 쓴 시처럼 한 마리 잠자리가 되어 친구들과 함께 훨훨 날아다니며 즐거워한다.

멋있게 변한 현철이가 고맙고 좋아서 12월 마지막 시 공부 시간에 우스갯소리로 어떻게 해서 바뀌게 되었는지 시를 한번 써 달라고 부탁했다. 현철이는 쑥스럽게 웃더니 금세 시 한 편을 써서 가지고 왔다.

내가 바뀐 이유

4학년이 됐다.
선생님이 말을 걸어도 귀찮다.
선생님이 시 한편 쓰자고 했다.
쓰기 싫지만 할 수 없이 시를 쓴다.
선생님한테 보여주니 나를 보고 웃는다.
내 엉덩이를 찰싹 때리며
현철이 시 참 잘 썼구나 한다.
왠지 마음이 편안하다.
이런 마음은 처음이다.
이제는 친구들하고 어울리고 싶다.
친구들하고 친하게 지내고도 싶다.

내 마음을 헤아려 주는 선생님이 좋아진다.
시가 좋아진다.

현철이가 쓴 시를 보고 너무 고마웠다. 자기가 바뀐 이유를 시로 써 준 것이 고마웠고 자기를 둘러싼 많은 것들한테서 자유로워진 모습이 고마웠다. 현철이가 친구들과 더불어 즐겁게 살 수 있었던 것은 시 덕분이라고 나는 아직도 믿고 있다.

지금도 한번씩 이런 생각을 한다.

현철이와 같이 시 공부를 하지 않았다면,

현철이가 자기 이야기를 시로 쓰지 않았다면 어떻게 되었을까.

더 이상
참지 않을 거예요

영훈이가 전학을 간다. 5학년 시작할 때 전학을 왔는데 5학년 마칠 때 전학을 간다. 영훈이를 생각하면 영훈이 동생이 먼저 떠오른다. 영훈이는 학교에서 동생을 살뜰히 챙기고 아낀다. 영훈이 동생은 학교에서 소문난 아이이다. 과잉 행동을 하고 화가 나면 선생님이고 친구고 상관없이 꼬집고 때린다. 더 심할 때는 손에 잡히는 대로 물건을 마구 던진다. 영훈이가 전학을 온 것도 동생 때문이다.

3월에 영훈이가 처음 쓴 시다.

우리 동생

내가 동생에게 공부만
하라고 하면
안한다.
동생은 왜 내 말을 안 들을까?
후~ 내가 뭘 해야 내 말을 들을까?

동생이 자기 말을 안 듣는다는 이야기다. 영훈이는 동생을 위해서 공부하라고 하지만 동생은 영훈이 말을 듣지 않는다. "후~ 내가 뭘 해야 내 말을 들을까?"에 동생을 생각하는 마음과 함께 동생 때문에 은근히 스트레스를 받는 마음이 드러나 있다.

공부 말고도 말을 안 들어서 영훈이는 심각하게 고민을 한다. 자기가 어떻게 하면 동생이 자기 말을 들을까 늘 생각한다. 그렇지만 동생은 여전히 자기 말을 듣지 않는다. 자기 말을 듣지 않는 동생을 영훈이는 어쩌지 못하고 참고만 있다.

전학을 오고 2주가 지났다. 영훈이는 세상에 이런 형이 있을까 싶을 정도로 동생을 챙겼다. 집에 갈 때도 동생을 꼭 챙기고 쉬는 시간에도 동생이 잘 있는지 살폈다. 영훈이는 늘 동생이 사고를 칠까 봐 걱정이 되나 보다. 그런 영훈이 마음은 아랑곳없이 동생이 큰 사고를 쳤다.

사고 친 날

"아~"
동생이 또다시 사고를 쳤다.
그 때 좀 심하게 사고를 쳐서
크게 혼났다.
그리고 집에 갔다.

동생이 화가 난다고 가위로 자기 반 여자아이 얼굴에 상처를 입혔다. 전학 오고 별 사고 없이 잘 지내는 것 같아 좋아했는데 동생이 큰 사고를 쳐서 영훈이는 걱정을 많이 했다. 그 걱정 속에는 동생도 있지만 부모님한테 혼날 게 걱정이다.

영훈이와 생활한 지 얼마 되지 않았지만 영훈이한테 아버지는 꽤 무서운 존재 같아 보였다. 동생이 사고 칠 때마다 혼나는 모습을 영훈이는 지켜보았을 것이다. 동생이 혼나는 모습을 보면서 무서운 아버지의 존재를 느꼈을 것이다.

내가 답답할 때

게임을 하면 내 건 데도
자기만 하고 그때 답답하고

내가 놀리지 말라고 해도
계속 해서 답답하고
내가 운동을 하면
또 답답하고
내가 무엇을 해도
답답하네.
정말 내 마음 문제 있는 것 같다.

영훈이가 동생을 잘 챙기는 것은 동생이 좋고 안쓰러운 것도 있겠지만 영훈이도 동생이 화가 나면 얼마나 무서운지 알기 때문이라는 생각이 들었다.

집에서 영훈이는 늘 동생한테 양보만 한다. 양보를 하지 않으면 싸워야 하는데 싸우면 자기가 불리하다는 것을 안다. 그리고 형제끼리 싸우면 아버지가 가만히 있지 않기 때문에 영훈이는 늘 참는다.

게임을 할 때 자기 차례인데도 동생 마음대로 하고, 놀리지 말라고 해도 자꾸 놀리는 동생이 밉다. 그렇지만 그런 동생을 제지할 방법이나 힘이 영훈이한테는 없다. 답답한 마음을 운동으로 풀어 보지만 풀리지 않는다. 자꾸 답답하기만 하고 힘들어져서 자기 마음에 문제가 있다고 느낄 정도다. 그런데도 영훈이는 참는 것 말고는 뚜렷한 방법을 모르기 때문에 늘 참는다.

자기 생활은 없고 동생 때문에 이러지도 저러지도 못하는 자기 처지가 힘들고 견딜 수 없었는지 사는 게 힘들다는 말을 한번씩 하곤 했다. 그리고 어디서 들었는지 몰라도 "언젠가 가겠지. 푸르른 이 청춘, 피고 또 지는 꽃잎처럼……" 같은 노래를 불렀다.

인생

인생은 빠르다.
비같이 빠르다.
우리는 비처럼 하늘에 있다
밑으로 내려온다.
비처럼 밑으로 내려오면
비처럼 빠르게 성장하면
빠르게 인생을 마무리 하는 것 같다.
비처럼.

마음대로 되지 않는 학교생활 때문인지 또래보다는 자기 인생에 대해 고민을 많이 하는 영훈이가 인생에 대한 시를 썼다.

교실 창가에서 내리는 비를 보더니 이 시를 썼다. 열두 살 아이가 인생이 빠르다고 느끼는 것이 이해가 되지 않지만 영훈이라면 그렇게 느낄 수도 있겠다는 생각이 들었다. 그래서 빨리 성장하고 살만큼 살아서 인생을 마무리하고 싶다는 말까지 했다.

공부를 마치고 영훈이랑 잠깐 이야기를 했다. 동생 때문에 많이 힘드냐고 물어보니 그렇다고 했다. 자기는 늘 참기만 하고 동생이 마음대로 해서 많이 힘들단다.

동생한테 하고 싶은 말도 하고 영훈이도 마음대로 한번 해 보라고 하니 동생이 화가 나면 무섭고, 싸우면 아빠가 화를 내면서 때리기 때문에 그냥 참는 것이 낫다고 했다. 참고만 살다 보면 너무 힘들고 마음의 병이 생길 수 있다고 했더니 아직까지는 참을 수 있다고 했다. 영훈이가 동생처럼 하고 싶은 대로 하고 할 말 다 하고 살았으면 하는 마음이 들다가도 참고 생활하는 모습이 안쓰럽고 대견하게 느껴졌다.

참는 것도 한계가 있는 것일까? 영훈이의 참을성이 이제 한계를 보이는 것 같았다. 보통 때는 괜찮지만 체육 시간만 되면 영훈이 행동이 조금씩 과격해졌다. 아이들이 기분 좋게 체육을 하러 갔다가 교실로 돌아올 때는 표정이 좋지 않았다. 체육 전담 선생님도 영훈이가 체육 시간에 아이들과 자꾸 부딪친다는 이야기를 해 줬다.

영훈이와 이야기를 해 보니 자기도 모르게 체육 시간만 되면 승부욕이 생긴단다. 공을 잡으면 자기만 하고 싶고 자기편이 지면 참을 수가 없단다. 그래서 자기도 모르게 공을 마음대로 차거나 옆에 있는 것들을 발로 차게 된단다.

지금까지 늘 조용하게 있던 영훈이가 갑자기 거친 행동을 하니 친구들도 영훈이를 조금씩 무서워하기 시작했다. 친구들한테 그러면 안 되는 줄 알지만 자기도 마음대로 잘 안 된다며 울먹울먹 했다.

바다

바다는 막힌 마음을
그놈의 벽을
무너뜨리는 것 같고
불에 타고 있는 마음을 식혀준다.
물을 먹으면 오히려
물이 눈물로 바뀌어
물바다로 만들어
나를 힘들게 하네.

가슴이 답답할 때마다 영훈이는 바다를 바라봤다. 바다를 보면서 갑갑한 자기 마음을 달래기도 하고 불같이 뜨거운 마음을 식히기도 했다. 그렇지만 근본적인 답답함은 해결할 수가 없어 힘들어했다. 오죽했으면 물을 먹어도 그 물이 눈물이 되어 자기 마음을 물바다로 만들어 자기를 힘들게 한다고 말하겠는가!

체육 시간에 자주 화를 내고 보통 때와 다른 행동 때문에 친구들이 자기를 피하는 것을 느꼈는지 영훈이가 이런 시를 썼다.

인생

악마가 나 만들고
계속 사람들을 힘들게 하고
화나게 만들다.
나 왜 태어났을까?
그냥 나 죽고 싶어.

친구를 힘들게 하는 것이 자기도 견딜 수 없이 싫었는지 왜 태어났을까 하고 고민했다. 태어나지 말았으면 더 좋았을 텐데 고민하면서 죽고 싶다고 한다.

친구들이 조금씩 자기를 멀리하는 모습이 힘들다는 영훈이를 위해 반 아이들과 함께 이야기를 나누었다. 아이들이 영훈이가 다른 때는 괜찮은데 체육 시간에는 승부욕이 강해져서 힘들다고 했다.

영훈이가 쓴 시를 아이들한테 읽어 주니 아이들도 영훈이 마음을 알고 영훈이 곁에 가서 영훈이를 안아 주었다. 그러면서 화가 나면 말로 하면 좋겠다고, 말로 하면 자기들도 다 알아듣고 이해할 수 있다고.

선생님

쫀드기쌤은 가끔 진지한 얼굴과
목소리로 말을 한다.
하지만 그 때 빼고 완전 최고다.
재미있는 이야기와 활동으로
재미있게 만든다.
이제 전학가면 선생님이 이해해 줄까?
친구는 별로 걱정 안한다.
쫀드기쌤처럼 잘해줄까?

영훈이가 12월 16일에 전학을 간다. 자세하게 이야기는 안 하지만 동생 때문일 수도 있다는 생각이 들었다. 영훈이한테 전학 간다는 말을 엄마한테 들었다고 했더니 시 쓰기 시간에 이 시를 써 왔다.

늘 자기 말을 들어 주고 잘못해도 화내지 않은 것이 영훈이는 좋았는지 내 이야기를 써 왔다. 그러면서 전학 가는 학교에서는 어떤 선생님을 만날지 걱정을 많이 했다.

"선생님, 이제 더 이상 안 참으려고요. 동생이 날 때리면 나도 때릴 거예요. 이제는 더 이상 안 참고 저도 할 말 다 하고 살 거예요."

영훈이 말을 듣고 난 잘 생각했다며 영훈이를 다독였다. 이제 영훈이 걱정을 많이 안 해도 되겠다는 생각이 들었다. 영훈이가 자기가 한 말처럼 살지, 아니면 지금처럼 참고 살지 잘 모르겠지만 그런 말을 했다는 것은 자기를 찾겠다는 결심이 아닐까? 영훈이가 자기 마음대로 행동은 못했지만 시로 그런 마음을 자유롭게 말했듯이 전학 가서는 자기 마음을 헤아리며 살았으면 좋겠다.

시 속에 길이 있다

희원이가 날 보자마자 뛰어와서는 대뜸 말한다.

“왜 저는 쌤 반 안 됐어요?”

따지듯이 묻는 희원이한테 웃으며 대답했다.

“5학년 때 선생님들이 의논해서 반을 나눈 거라 나도 어쩔 수 없다.”

내 말을 듣고는 희원이가 혼잣말로 중얼거렸다.

“나도 쌤 반 되고 싶은데.”

고개를 숙이고 힘없이 자기 반으로 가는 희원이를 보면서 지난 해를 생각했다.

솔직히 난 희원이가 참 힘들었다.

말과 행동이 거칠어서 친구한테 하는 말 가운데 반은 욕이고 장난을 칠 때도 심하게 치고받았다. 그리고 하고 싶은 말이 있으면 듣는 사람 기분은 아랑곳없이 마음에 담아 두지 않고 바로바로 말했다. 날선 감정이 그대로 드러나는 말에 욕까지 섞어 말하니 아이들은 적잖이 상처를 받았다.

희원이의 직설적인 말에 나도 상처를 받은 적이 있다. 때로는 말뿐 아니라 희원이가 쓴 시 때문에 상처를 받기도 했다.

무서운 느낌

오늘 학교 와서 우노(게임)를 하는데
쫀드기쌤 목소리가 들렸다.
나는 선생님의 못생긴 얼굴이 다가와서
순간 오싹!
오싹!
오싹!
3번이나 무서운 느낌이 들었다.
어!
선생님이 왔네?
기절한 척할까?

무시할까?

기절할까?

희원이 시공책에서 이 시를 보고는 많이 슬펐다. 그래도 자기 담임인데 어떻게 대놓고 못생겼다고 할 수 있단 말인가. 하지만 냉정하게 생각해 보면 못생겼다고 생각하는 것은 개인 취향이니 넘어갈 수 있겠다. 그런데 못생겨서 무섭다고 하니 정말 앞이 깜깜했다. 얼마나 무섭고 싫었으면 기절하고 싶었을까? 당장이라도 달려가서 희원이한테 왜 나를 그렇게 싫어하는지, 왜 나를 무서워하는지 따지고 싶었지만 참았다.

어쩌겠는가. 희원이 생각에는 내가 못생겼다는데. 그 생각이 틀렸다고 내가 말할 수 있는 것은 아니지 않은가.

선생님의 이상한 성격

선생님 얼굴은 무섭다.

반면 성격은 정 반대다.

난 속으로

'저 쌤 뭐야? 제 정신인가?'

라고 처음이자 마지막 생각을 했다.

지금은

'우리 쌤 또 저란다. 에휴'
이런 생각을 자주 한다.
선생님은 얼굴을 계속 부담되게
들이민다.
우리가 싫어하는 거 모르나?

'선생님의 이상한 성격'은 제목에서 보이는 것처럼 내 성격을 시로 썼다. 그전까지는 얼굴이나 행동에 대해 시를 썼는데 이번에는 성격이다. 얼굴은 무섭지만 성격은 그런대로 괜찮다는 의미로 읽혀 다행이다. "우리 쌤 또 저런다. 에휴" 이 말 속에 나름대로 나를 인정해 주고 있다는 생각이 들어 좋았다. 이 시를 보자마자 희원이한테 얼굴을 들이밀면서 시가 많이 부드러워졌다고 했다. 그랬더니 바로 시공책을 들고 가더니 또 한 편을 썼다.

칭찬

방금 쌤에게 칭찬을 받았다.
그 내용은
'시 속에도 말이 부드러워졌네.'란다.
뭐지?

희원이도 내 말에 귀를 기울이고 있다는 생각에 기분이 좋았다. 시를 찬찬히 살펴보면서 문득 희원이한테 칭찬해 준 적이 있는지 생각해 보았다. 넉 달 동안 희원이한테 칭찬해 준 적이 한 번도 없다는 것을 알았다. 혹시 희원이가 싫어하는 것은 못생긴 내 얼굴이 아니라 자기한테 관심을 가져 주지 않는 내 모습일 수도 있겠다는 생각이 들었다.

사실 희원이가 자꾸 내 얼굴이 못생겼다고 해서 희원이를 볼 때마다 부담스러웠다. 겉으로는 불편한 마음을 드러내지 않았지만 눈치 빠른 희원이는 이미 내 마음을 읽었을 것이다. 그래서 시를 쓰면서 더 심하게 나를 표현했는지도 모르겠다.

최종득쌤

원숭이 얼굴을 가진
최종득쌤, 쫀드기쌤이라고도 한다.
쫀드기쌤은 왠지 모르게
그 부분이 무엇인지도 모르는데
끌린다.
하지만 쌤은 싫다.

처음으로 희원이가 나에 대해 좋은 마음을 드러냈다. 여전히 얼굴이 못생겨서 싫지만 이제는 왠지 모르게 끌린다고 한다. '칭찬' 시를 읽은 뒤부터 난 희원이를 진심으로 대했다. 가까이 가면 싫다고 도망가는데도 희원이한테 끊임없이 다가섰고 공부 시간에도 희원이 주위를 맴돌았다. 내가 가까이 가면 고개를 숙이며 못 본 체해도 이제 희원이한테 상처받지 않았다.

도토리

어제 쌤이 준 도토리
오늘 장재원이 그 도토리를 던졌다.
금이 갔다.
그 도토리 말이야

참 좋았는데 말이야.

산에서 도토리를 주웠는데 왠지 희원이 생각이 났다. 학교에 와서 아무도 모르게 희원이한테 살짝 주었다. 이게 뭐냐고 짜증내는 희원이한테 선물이라고 했다. 먹을 것도 아니고, 돈도 아닌 도토리를 준다며 막 짜증을 냈다. 그러거나 말거나 그냥 희원이 책상에 올려놓았다.

그 사실을 잊고 있었는데 희원이는 내가 준 도토리에 대해 시를 썼다. 도토리를 줄 때 짜증 내서 희원이가 도토리를 버린 줄 알았다. 그런데 간직하고 있었던 것이다. 처음으로 희원이 시에 "좋았는데"라는 말이 나왔다. 물론 나를 좋다고 한 것은 아니다. 그렇지만 내가 준 도토리를 좋아한다는 것은 나를 좋아한다는 의미일 수 있지 않을까 하는 생각이 들었다.

'도토리' 시를 통해 희원이한테 다가가는 데 자신감이 생겼다. 희원이도 더 이상 날 못생겼다고 놀리지 않고 무섭다고 하지도 않았다. 내가 장난을 치면 희원이도 장난을 치고, 집에 갈 때 껴안으며 인사할 때도 나를 껴안아 주면서 반갑게 손을 흔들어 주었다.

요즘엔

요즘엔 살이 찌고
요즘엔 다이어트 해야 하고
요즘엔 잠이 많아지고
요즘엔 욕을 안 한다.

희원이가 한 학년을 마칠 때쯤 쓴 시다. "요즘엔 욕을 안 한다"는 부분이 눈에 먼저 들어온다. 어느 순간 희원이는 욕을 하지 않았다. 그리고 더 이상 내 마음을 아프게 하는 말을 하지 않았다. 시가 아니었다면, 희원이가 쓴 시가 아니었다면 난 희원이를 있는 그대로 보지 못하고, 버릇없고 골치 아픈 아이로 여겼을 것이다.

지금도 희원이는 틈날 때마다 찾아온다. 학교에서 만나면 어찌나 반갑게 인사를 하는지 희원이 담임선생님 보기가 민망할 정도다. 희원이가 잘해 줄 때마다 희원이가 쓴 시를 생각한다. 희원이가 쓴 시를 곧이곧대로만 읽었다면 지금 희원이와 나는 서로의 기억 속에서 지우고 싶은 사람으로 남아 있을 것이다. 희원이 덕분에 아이들이 쓴 시를 어떻게 읽어야 하는지 알게 되었다.

이제 외롭지 않다

정식이는 혼자일 때가 많다. 쉬는 시간에도 혼자 돌아다니고, 모둠 활동을 할 때도 혼자 하는 게 편하다고 한다. 그렇다고 정식이가 성격이 이상하다거나 친구들과 사이가 안 좋은 것은 아니다. 정식이는 잘 웃고 말도 잘하고 웃긴 행동으로 친구들을 즐겁게 해 준다.

정식이는 조용히 앉아서 친구랑 이야기하는 걸 좋아한다. 그래서 쉬는 시간이 되면 여자애들 몇 명이랑 이야기를 주고받거나 아니면 여자들 틈에 끼여 같이 논다. 그러다가 심심하면 혼자 복도를 돌아다닌다.

복도를 돌아다니는 정식이를 볼 때마다 나는 정식이한테 한마디 한다.

"정식아, 내 기다렸나? 내만 너무 좋아하지 말고 다른 남자 친구들도 좀 좋아해 줘라."

그러면 정식이는 웃으면서 "아~, 네. 걱정 마세요" 한다.

늘 잘 웃고 자기만의 방식으로 시간을 보내는 정식이를 보면서 특별히 남자 친구들과 잘 어울리지 못해서 학교생활이 힘들다는 느낌은 전혀 받지 못했다. 정식이는 늘 잘 웃고 즐거워 보였다. 또래 남자들과 성향이 조금 다를 뿐이라 생각하고 정식이 그대로의 모습을 인정하려고 노력했다.

한번은 정식이한테 점심시간에 남자 친구들이랑 축구 같은 것을 하면 어떻겠냐고 물었다. 그랬더니 나보고 대뜸 선생님이 점심때 고기를 먹으면 남자 친구들과 축구를 하겠다고 했다. 난 처음으로 고기반찬을 먹었다. 옆에서 나를 지켜보던 정식이는 싱긋이 웃으며 잘했다고 칭찬을 했다.

점심시간이 끝날 때쯤 땀을 뻘뻘 흘리며 교실에 들어와서는 남자 친구들이랑 신나게 축구를 했다고 자랑스럽게 말했다. 그런 정식이를 보면서 마음만 먹으면 언제라도 남자 친구들이랑 잘 어울릴 수 있겠다는 생각이 들어 더 이상 정식이의 친구 관계에 대해 신경을 쓰지 않았다.

우리 반은 금요일 아침마다 학교 둘레를 걷는다. 특별한 의미가 있는 것은 아니고 공부에 지친 아이들이 잠깐이라도 자연 속에서 시간을 보내며 자연의 변화를 느끼고 힘든 몸과 마음을 쉴 수 있게 해 주고 싶어서다.

아침 활동을 하고 나서 정식이가 자기 〈새눈공책〉에 시 한 편을 써 왔다. 〈새눈공책〉은 우리 반 시공책 이름이다. 남들이 흔히 느끼는 이야기를 시로 쓰는 것이 아니라 자기가 보고, 느끼고, 생각한 것을 자기 말로 쓰자는 의미로 시공책 이름을 〈새눈공책〉으로 했다.

가을 애벌레의 길

쌀쌀한 가을
바닥에 혼자 기어가는 애벌레
가족 없고 친구 없고
이웃 없는 애벌레
아직 어린데 혼자인 불쌍한 애벌레

색도 많은 애벌레이지만 기어가기 힘든 길
번데기가 돼서 성충이 되면
길이 더 험난해지겠지.

다른 아이들한테 물어보니 아무도 애벌레를 보지 못했다고 했다. 정식이만 혼자 바닥을 기어가는 애벌레를 본 것이다. 아직 어린 애벌레가 혼자 험난한 길을 걸어가는 모습이 안쓰러워 시를 썼다고 했다. 왜 안쓰러웠는지 물어보니 가족도, 친구도 없이 혼자 기어가는 모습 때문이라고 했다. 그러면서 지금 힘든 것은 아무것도 아니라며 나중에 번데기가 되고 성충이 되면 더 힘들 거라고 했다.

아이들이 모두 집에 간 뒤에 정식이가 한 말을 곰곰이 생각해 보았다. 혹시 정식이가 시에 나오는 애벌레가 아닐까 하는 생각이 들었다. 개인 사업을 하셔서 늘 바쁜 부모님, 딱히 친한 남자 친구가 없어 늘 친구 주위를 맴도는 정식이, 학교 마치자마자 늦게까지 학원 다닌다고 힘들어하는 정식이, 지금도 힘들지만 특별히 마음을 나눌 친구가 없어 갈수록 더 힘들어질 것 같은 정식이.

이 시를 보기 전에는 정식이가 남자 친구들과 잘 어울리지 못하는 것을 대수롭지 않게 생각했다. 잘 웃고 다녀서 즐겁게 학교생활을 하는 줄 알았는데 '가을 애벌레의 길'을 보고 정식이한테 미안해졌다. 그래서 이 시를 빌려 정식이와 이야기를 나누었다.

정식이는 지금까지 너무 외로웠다고 했다. 자기도 남자 친구들이랑 어울려서 놀고 싶은데 마음대로 잘 안 된다고 했다. 정식이는 친구들과 어울리지 못해 심각했는데 나는 조금도 눈치채지 못했다. 정식이한테 진심으로 미안하다고 사과를 했다. 조금은 편한 얼굴로 정식이는 자기 자리로 돌아갔다.

그 뒤로 정식이가 남자 친구들과 잘 어울릴 수 있게 하려고 아이들한테 정식이가 혼자 있다고 넌지시 이야기도 하고, 점심시간에 내가 먼저 정식이를 데리고 가서 같이 축구도 했다.

그런데 내가 있을 때는 같이 어울리는데 내가 없으면 정식이도, 남자아이들도 서로 어색해했다. 남자아이들은 정식이가 밖에서 노는 것보다 안에서 여자아이들하고 이야기하는 것을 더 좋아한다고 여기는 것 같았다.

놀이터에 혼자 있는 나

햇살 비치는 놀이터에 혼자 있는 나
다른 애들은 저기, 나는 여기
몇 시간 있어도 한 명 올까말까 하는 여기
나는 여기 왜 있는지 모를 정도로 혼자이다.

'가을 애벌레의 길'을 쓰고 2주 뒤에 시 한 편을 써 왔다. 시를 보자마자 정식이가 여전히 힘들구나 하는 생각에 눈물이 나오려고 했다. 시를 친구들한테 읽어 줘도 되냐고 물어보고는 읽어 주었다. 늘 웃고 혼자 즐겁게 노는 정식이라서 다른 친구들도 정식이의 외로움을 느끼지 못했는지 많이 놀랐다.

시를 듣자마자 남자아이들이 정식이 곁으로 모였다. 그러면서 중간 놀이 시간에는 같이 피구 하러 가자고 했다. 정식이는 웃으면서 알았다고 했다.

입으로는 부끄러워서 외롭다고 말을 못 했지만 정식이는 시로 친구들에게 자기 마음을 말했다. 외롭다고, 같이 어울려서 놀고 싶다고 이야기하고 있다. 정식이가 쓴 시처럼 몇 시간 동안 같은 자리에 있는데도 친구 한 명 오지 않으면 얼마나 외롭고 쓸쓸하겠는가? 외로움을 느껴 본 사람은 그게 얼마나 힘들고 괴로운 것인 줄 잘 안다.

정식이는 시로 외로움을 알렸다. 이 시를 쓰고 난 뒤 정식이도, 남자아이들도 서로 편하게 대하는 것이 눈에 보였다.

긴 겨울방학이 지나고 다시 아이들을 만났다. 다음 해에 일할 전교 어린이회장을 뽑는 선거가 있었는데 정식이가 후보로 나섰다. 아무도 정식이를 도와주지 않으면 어떡하나 걱정을 했는데 쉬는 시간마다 남자 친구들이 피켓을 들고 다니며 정식이의 선거운동을 도와주었다.

드디어 투표하는 날, 방송에서 정식이가 자기 생각을 발표할 때 우리 반 남자아이들은 꼭 자기 일처럼 큰 소리로 박수를 쳤고, 함성을 지르며 좋아했다. 정식이도 친구들의 응원 덕분인지 발표를 깔끔하게 잘했다. 결과는 좋지 않았지만 정식이와 남자 친구들은 하나가 되어 선거운동을 했다. 정식이는 이제 외롭지 않다.

제2부

시를 만나고

바다에 배 띄우고

여름 장마가 시작되었다. 지루하게 내리는 비는 그칠 줄을 모른다. 우리 반 아이들도 비 오는 운동장만 바라본다. 보통 때는 싸우지 않던 아이들이 교실에서만 지내다 보니 이런저런 다툼이 생긴다. 운동장에서 마음껏 뛰어놀아야 자기들도 살맛이 날 텐데 이래저래 불만이 많다.

마음 같아서는 비 오는 운동장에서 아이들과 함께 뛰어놀고 싶지만 뒷감당이 무서워 눈치만 보고 있다. 쉬는 시간에 아이들 곁에서 장난도 같이 치고, 공기놀이도 같이 하고, 교실에서 뛰어다녀도 못 본 척 넘어가지만 아이들은 이내 짜증을 낸다.

비가 와도 밖에서 할 수 있는 일이 없을까 고민하다가 〈즐거운 생활〉 시간에 좋은 생각이 떠올랐다. 돛단배를 만들어 물에 띄우면 비가 와도 충분히 아이들과 즐겁게 시간을 보낼 수 있을 것 같았다. 운동장 이곳저곳에 물웅덩이들이 많이 생겨 돛단배를 띄우고 놀기에는 비 오는 날이 안성맞춤이다.

아이들한테 〈즐거운 생활〉 시간에 돛단배를 만든다고 하니 여기저기서 난리다. 뭘로 만들거냐며 묻는 아이도 있고, 다 만들고 나서 진짜로 배를 띄우냐며 묻는 아이도 있다. 미리 준비한 수수깡을 아이들한테 나누어 주었다. 수수깡 배를 만든다고 하니 금세 얼굴이 밝아진다. 다 만들고 나서는 물에 띄운다고 하니 벌써부터 배 띄울 생각에 우중충한 교실 분위기가 확 산다.

수수깡을 일정한 크기로 자르고 이쑤시개로 단단하게 연결하면 수수깡 배가 완성된다. 그 위에 수수깡으로 돛대를 세우고 색종이를 잘라 돛을 만들면 멋진 돛단배가 된다. 처음에는 아이들이 수수깡을 자른 그대로 연결만 해서 네모반듯한 배를 만들었다. 좀 더 다양하고 재미있는 모양으로 만들면 좋을 것 같아서 승민이가 만들고 있는 동그란 배를 보고 잘 만들었다며 거들었다. 다른 아이들도 승민이가 만들고 있는 배를 보더니 자기가 만들고 싶은 모양의 배를 만들었다. 그리고 색종이로 만든 돛에 자기 이름을 적었다.

이제 밖으로 나가서 배를 띄우기만 하면 된다. 아이들은 빨리 나가자고 난리다. 미영이가 앞으로 불쑥 나오더니 아빠한테 하고 싶은 말을 적어도 되냐고 묻는다. 미영이 말을 듣는 순간 좋은 생각이 떠올랐다.

"있잖아, 우리 돛단배에 자기 소원이나 하고 싶은 말, 또는 걱정거리를 써서 띄우면 어떨까? 옛날에 연을 띄워 보낼 때나 빈 병에 소원을 적어 바다에 띄워 보내는 것처럼 우리도 하고 싶은 말이나 소원, 또는 걱정거리를 쓰면 좋을 것 같은데."

내 말이 끝나기가 무섭게 빨리 종이를 달란다. 색종이를 반으로 잘라 아이들한테 나눠 주었다. 누가 볼까 봐 몸을 잔뜩 웅크리고 손바닥으로 가린 채 글을 쓰는 아이들을 보면서 뭘 쓰는지 궁금해서 이리저리 돌아다녔지만 아무도 보여 주지 않는다.

나한테 보여 주고 싶은 친구들은 보여 줘도 된다고 하니 미영이가 쪽지를 들고 나왔다.

병원에 계시는 아빠가 빨리 나으면 좋겠다.

미영이가 쓴 쪽지를 보는데 눈물이 나오려고 했다. 지난해 공사장에서 허리를 크게 다쳐서 하반신 마비가 된 미영이 아버지가 생각났다. 아빠 상태가 얼마나 심각한지 잘 모르는 미영이한테 어떤 말을 해 줘야 할지 모르겠지만 기적이라도 일어나서 미영이 소원처럼 아버지가 나으면 정말 좋겠다. 내 표정을 살피는 미영이를 아무 말 없이 그냥 안아 줬다. 이렇게라도 표현해 주는 미영이가 고마울 뿐이다.

다음은 승민이가 쪽지를 들고 왔다.

아빠, 제발 술 많이 먹지 마세요.

아버지가 술 먹고 오는 날은 엄마와 싸우는 날인 것을 승민이 일기장을 보고 알고 있어서 승민이 마음이 이해가 되었다. 승민이 소원처럼 승민이 아빠가 진짜 술을 조금만 먹었으면 하는 바람으로 승민이를 꼭 안아 주었다.

미영이와 승민이가 나한테 안기는 것을 보고 아이들 모두가 자기가 쓴 쪽지를 보여 준다며 앞으로 나왔다.

현준이는 자기 동네에 하나밖에 없는 친구 도솔이가 다른 동네로 이사 가지 않게 해 달라고 적었고, 도솔이는 엄마, 아버지, 이모가 싸우지 말고 오래오래 서로 사랑하며 살았으면 좋겠다고 적었다. 민우, 기찬이, 민준이는 도둑을 잡고 싶다며 경찰이 꼭 되게 해 달라고 적었고, 단비는 자기 짝지 아영이한테 하고 싶은 말을 적었다. 혜빈이는 2학년 1학기 동안 참 즐거웠다며 우리 우정 영원히 간직하자고 썼다. 할머니를 좋아하는 동언이는 빨리 방학이 되어서 할머니 집에 가고 싶다고 적었다. 야무진 아영이는 우리 모두가 행복하게 살기를 바란다고 적었고, 혜진이는 자기 꿈을 꼭 이루고 싶다고 적었다.

혜빈이가 자기들 것만 보고 나는 안 보여 준다고 해서 할 수 없이 나도 보여 주었다.

> 내가 만나는 모든 아이들이 아프지 말고 항상 행복하기를, 그리고 아이들을 하늘처럼 여기는 좋은 교사가 되기를.

아이들이 나한테 쌤은 진짜 좋은 쌤이라며 그런 걱정 안 해도 된단다. 듣기 좋으라고 하는 소리인 줄 알지만 직접 들으니 참 좋다.

아이들과 돛단배를 들고 밖으로 나갔다. 다행히 비가 잠시 멈췄다. 학교 모래밭에 물웅덩이가 크게 생겨서 모래밭 쪽으로 걸어갔다. 그런데 아이들은 모래밭 쪽이 아니라 바다로 난 층계를 내려가고 있었다. 학교 뒤에 바다가 있는데 물웅덩이를 생각한 내가 참 한심해서 웃음이 나왔다.

아이들과 바위에 줄지어 섰다. 배를 띄우기 전에 자기 소원이 꼭 이루어지기를 바라는 마음으로 두 손을 모으고 눈을 감았다. 눈을 뜨고 다 같이 바다에 배를 띄웠다. 살랑살랑 잔파도를 타며 우리가 만든 돛단배가 움직이기 시작했다. 자기 돛단배가 멀리멀리 가기를 바라는 마음으로 아이들은 손으로 잔물결을 만들어 주었다. 아이들 정성 덕분에 돛단배는 서서히 바다로 나아가기 시작했다. 누가 먼저랄 것도 없이 서로 어울려 바람한테 몸을 맡긴 채 두둥실 떠간다.

돛단배가 눈에 안 보일 때까지 아이들은 바다를 바라보고 있다. 교실로 들어가자고 해도 조금만 더, 조금만 더 하며 쉽게 바다를 떠나려 하지 않는다.

바다를 바라보고 있는 아이들을 하나하나 바라본다. 아이들이 쓴 글처럼 돛단배가 소원을 다 들어주면 얼마나 좋을까 하고 생각해 본다.

돛단배 덕분에 아이들이 잠시나마 더위를 잊고 즐거워해서 다행이다.

우리 아이들이 세상의 모진 비바람에 맞설 힘이 생길 때까지 두둥실 떠가는 돛단배처럼 순탄하고 행복한 삶을 살 수 있길 빌어 본다.

혜영이 눈물

우리 반에서 가장 똑똑한 혜영이가 수학 시험을 치다가 울어버렸다. 처음에는 울음소리가 작았는데 점점 커졌다.

“혜영아, 어디 아프나?”

혜영이는 울기만 하고 옆에 앉은 현준이가 20번 문제가 너무 어려워서 우는 거란다. 시험 문제 하나 모른다고 우는 혜영이가 너무하다 싶어 모른 체하고 돌아섰다. 남은 시험 시간 내내 혜영이는 울음을 그치지 않았다.

20분 중간 놀이 시간에 혜영이를 살짝 불렀다. 여전히 혜영이는 울고 있다. 숨을 여러 번 깊게 쉬고 난 뒤에도 울음을 그치지 않는다. 눈물이 조금 잦아지는 것 같아 왜 울었는지 물어보았다. 울먹이면서 혜영이가 말을 한다.

"아침에 엄마가요, 엄마를 실망시키지 않을 거지? 오늘 시험 잘 쳐라고 했어요. 아버지는요, 오늘 시험 백 점 안 받으면 집에 올 생각하지 마라고 했어요."

말을 하다가 아침에 일이 생각났는지 또 울기 시작한다. 엄마, 아버지가 시험 잘 치라고 농담 삼아 한 말이라며 달래도 소용이 없다. 모든 일을 완벽하게 하려고 하는 혜영이한테 내 어설픈 말은 먹히지 않았다. 시험을 치다 보면 잘 칠 수도 있고 못 칠 수도 있다면서 부모님은 이해할 거라고 말하고 혜영이를 돌려보냈다.

쉬는 시간이 끝나고 친구들과 함께 교실로 돌아온 혜영이가 울음을 그쳤다. 친구들이 혜영이를 위로해 주었는지 이제는 울지 않는다. 셋째 시간, 공부를 하는데 혜영이가 책상에 엎드려 잠을 잔다. 아이들한테 혜영이가 편안히 잘 수 있도록 조용히 해 주자고 했다. 한 시간 정도 울었으니 잠이 올 만도 하다. 책상에 엎드려 자고 있는 혜영이를 보는데 자꾸 안쓰러운 생각이 들었다. 다른 아이들도 말은 안 했지만 시험을 치고 나서 걱정하는 눈빛이다.

넷째 시간은 창의적 체험활동 시간이다. 오늘은 '시험'에 관련된 시를 아이들한테 들려주기로 했다.

공부를 못 해서 상주 청리초 3학년 정익수

나는 공부를 못해서 걱정이다.
집에 가마 맞기마 한다.
내 속에는 죽는 생각만 난다. (이오덕 엮음《일하는 아이들》에서)

시험 울진 온정초 4학년 권현석

한 문제 틀려서
쫘악 긋는 엷짝
내 가슴이 쭉
째지는 것 같다.
맞으면 내 가슴이
펄쩍 뛴다.
나는 틀리고
다른 아이가 맞으면
머리에서 뿔이 난다. (이호철 엮음《비오는 날 일하는 소》)

시 두 편을 칠판에 쓰고 아이들과 같이 소리 내어 읽었다. 시를 읽고 나서 아이들한테 물어보았다.

"오늘 아침에 부모님께서 어떤 말씀을 하셨나요?"

"시험 백 점 받아 오라고 했어요."

"시험 못 치면 집에 올 생각하지 말라고 했어요."

"시험 백 점 맞으면 내가 갖고 싶은 선물 사 준다고 했어요."

백 점이 입에 붙었다. 무슨 수로 다 백 점을 받는다는 건지 부모님들이 너무하다는 생각이 들었다. '공부를 못해서'에 나오는 부모님처럼 요즘 부모님들은 시험 못 쳤다고 아이들을 때리지는 않는다. 그렇지만 아이들은 시험을 칠 때마다 힘들어한다.

시험 못 치면 집에 들어올 생각도 하지 마라는 말은 시험을 잘 보라고 부모님이 겁주는 말인 줄 안다. 그렇지만 아이들은 이런 부모님의 말을 그대로 믿는다. 시험을 못 쳤다고 집에서 쫓아내는 부모님은 없다. 그렇지만 아이들은 부모님이 농담 삼아 한 말도 진담으로 받아들이고 부모님의 기대에 어긋나지 않으려고 최선을 다한다. 우리 반 혜영이가 시험을 치다가 울었던 것처럼.

부모님들이 아이들한테 좀 더 따뜻하게 말해 줄 수는 없을까? 시험 백 점 받아라가 아니라 얼마만큼 알고 있는지 살피는 마음으로 편안히 시험 치라고 할 수는 없을까? 모르는 문제 나오면 실망하지 말고 시험 끝나고 나서 알면 된다고 말해 줄 수는 없을까? 시험 백 점 맞는 것보다 행복하게 학교생활 하는 것이 더 중요하니까 너무 걱정하지 말고 시험 친다고 많이 힘들 텐데 힘내라고 말해 줄 수는 없을까?

이런 부모님의 관심 때문에 아이들도 시험 점수가 나오면 자기들끼리 등수를 매긴다. 물론 나는 다른 친구들이 점수를 보지 못하도록 조심스럽게 시험지를 나누어 준다. 그런데 아이들은 어떻게 점수를 알았는지 등수를 매긴다.

'시험'에 나오는 아이처럼 친구 점수와 자기 점수를 비교하면서 자기보다 못한 친구 앞에서 우쭐거리고 자기보다 잘한 친구를 시기한다. 자연스럽게 시험 점수로 친구의 모든 것을 판단해 버리기도 한다. 아이들 스스로 시험 점수가 높은 친구는 어깨를 쫙 펴고, 시험 점수가 낮은 친구는 어깨를 움츠린다.

마음 같아서는 정말 시험을 안 치고 싶다. 마음 놓고 운동장에서 친구들과 열심히 뛰어놀게 하고 싶다. 산과 바다를 마음껏 거닐며 자연 속에서 한없이 행복하게 지냈으면 하는 것이 내 바람이다.

그렇지만 시험은 쳐야 한다. 아이들한테 시험을 편하게 받아들이게 할 수는 없을까? 시 두 편을 읽고 시에 대해 이야기를 나누면서 자연스럽게 공부와 시험에 대해 이야기 나누었다. 시험은 자기가 어느 정도 알고 있는지를 판단하고 모자란 부분을 다시 공부하기 위해 있는 것이라고 했다. 그리고 시험 점수는 친구와 비교하는 것이 아니라 자기의 어제와 오늘을 비교하기 위해 있는 것이라고 했다. 아이들이 얼마나 알아듣고 시험을 편안하게 받아들일지는 의문이다.

이런저런 하고 싶은 말을 아이들과 나누고 나서 우리도 시험에 관한 시를 한 편씩 써 보자고 했다. 가슴속에 있는 말을 시로 나타내는 것만으로도 아이들 얼굴이 한결 밝아지는 것 같아 기분이 좋았다.

수학 시험에서
20번 문제를 풀라고
문제를 읽어봤는데
모르는 문제였다.
갑자기 울음이 나왔다.
시험 못치면 가만 안 둘거라는
아빠의 말이 자꾸 떠올랐다.

혜영이가 웃으면서 써 온 시다. 시를 쓰면서 혜영이는 가슴속에 있는 답답한 무언가를 내려놓은 듯했다. 사실 2학년 아이가 부모님의 말을 듣고 마음까지 다 이해하기는 힘들 것이다.

모든 부모들이 자기 아이가 공부 잘하기를 기대한다. 공부가 인생의 전부인 양, 시험이 아이를 판단하는 절대 기준인 양 아이를 시험 점수에 맞춘다. 진정 부모님이 생각해야 할 것은 지금 우리 아이가 행복한지, 불행한지인데…….

수업을 마치고 혜영이 어머니한테 전화를 걸었다. 시험 칠 때 있었던 일을 이야기하면서 한마디 했다.

"어머님! 혜영이를 너무 완벽한 아이로 키우려고 하는 거 아닌지 조금 걱정이 됩니다. 혜영이는 지금도 충분히 이쁘고, 충분히 똑똑해요. 그리고 무엇보다 학교에서 너무너무 행복해하며 잘 지내고 있습니다."

선생님,
이 시가 좋아요

벌써 7월이다.

한 학기를 마무리할 때는 언제나 마음이 복잡하다. 아이들과 계획한 일들을 제때 했는지, 혹시나 내 이기심 때문에 아이들을 곤란에 빠뜨리지는 않았는지, 학년에 맞는 교육과정을 충실히 했는지 따위를 곰곰이 생각하게 된다.

이런저런 생각들 가운데서 늘 마음을 무겁게 하는 것은 교육과정을 얼마나 충실히 했는가, 이 점이다. 교사에게 교육과정은 법과 같다고 하면 너무 지나친 말일까?

초등학교 2학년 1학기 문학 영역에서 시 단원의 학습목표는

"시를 읽고, 반복되는 말이나 흉내 내는 말을 찾을 수 있다", "반복되는 말이나 흉내 내는 말의 느낌을 살려 시를 읽을 수 있다", "반복되는 말이나 흉내 내는 말이 들어 있는 시를 찾아 읽을 수 있다", "시를 읽고, 재미있는 표현이나 생각을 찾을 수 있다", "시를 읽고, 떠오르는 장면을 나타낼 수 있다", "장면을 떠올리며 시를 읽을 수 있다"이다.

국어과 교육과정에 나와 있는 학습목표를 곰곰이 따져 보면, 반복되는 말이나 흉내 내는 말을 가르치기 위한 수단으로 시를 보고 있는 것 같다. 그리고 재미있는 표현이나 생각을 찾을 수 있는 자료 정도로 보고 있는 것 같다. 과연 시와 시 읽기가 그런 것일까?

시는 작가의 감정이나 생각을 최대한 함축적인 언어로 나타낸 글이다. 그래서 독자는 시를 읽으면서 작가가 느낀 생각이나 감정에 공감하고 감동이나 재미를 느끼는 것이다. 다시 말해, 시가 좋고, 시 읽는 것이 재미있으면 반복되는 말이나 흉내 내는 말, 재미있는 표현이나 생각은 저절로 알게 될 것이며 장면 또한 저절로 떠오를 것이다.

그래서 아이들과 같이 정말 편한 마음으로 시를 한번 읽어 보고 싶었다. 아무런 조건이나 제약을 두지 않고 그냥 부담 없이 시 읽는 즐거움을 느끼고 싶었다.

국어가 두 시간 든 날을 '시 읽는 날'로 정했다. 아이들하고 어떤 동시집을 같이 읽을 것인지 며칠 동안 고민하다가《고양이가 내 뱃속에서》와《아니, 방귀 뽕나무》두 권을 골랐다. 출판사가 저학년 문고라는 이름으로 펴낸 시집이었고, 다른 동시집보다는 우리 아이들이 재미있게 읽을 수 있을 것 같아서 골랐다.

시를 읽기 전에 먼저 시집 두 권을 아이들에게 보여 주었다. 아이들은 제목만 보고도 시집이 재미있을 것 같다며 빨리 읽고 싶다고 야단이었다. 여덟 명의 아이들을 평소처럼 두 모둠으로 나누고, 한 모둠에는《고양이가 내 뱃속에서》를, 다른 한 모둠에는《아니, 방귀 뽕나무》를 주었다. 네 명이 돌아가면서 한 편씩 읽는 것 말고는 다른 말은 하지 않았다. 그냥 편한 마음으로 시를 읽어 보자고 했다. 편한 마음으로 시를 읽다 보면 아이들이 시 읽는 즐거움을 느낄 수 있지 않을까, 막연한 기대를 하면서 말이다.

지금까지 그림책이나 동화책은 한 권 다 읽은 적이 있지만, 시집 한 권을 다 읽은 것은 처음이라며 아이들이 신기해했다. 책이 한 권뿐이라서 네 명이 옹기종기 머리를 맞대고 귀로는 친구가 읽는 시를 듣고, 눈으로는 글자를 따라 읽어 가는 모습이 참 보기 좋았다. 시집 한 권으로 아이들이 이렇게 가깝게 될 줄은 몰랐다. 처음에는 글자만 읽던 아이들이 제법 리듬을 살려서 읽고, 내용에 맞게 목소리도 바꾸어 가며 읽었다.

그런데 우리 반에서 야무지기로 소문난 현빈이가 자꾸 공책에 뭔가를 쓰고 있어 물어보니, 자기 마음에 드는 시 제목과 쪽수를 적고 있다고 했다. 아무런 말도 하지 않았는데 현빈이는 알아서 자신이 좋아하는 시를 따로 표시하고 있었다. 너무 기뻐서 현빈이를 칭찬한다는 것이 다른 아이들한테 들켜 버렸다. 우리 반에서 눈치가 가장 빠른 민규가 손을 들고 질문했다.

"선생님, 자기가 좋아하는 시를 시공책에 옮겨 써도 돼요?"

마음속으로 기뻤지만 아이들과 한 약속도 있고 해서

"그냥 편하게 시 읽으면 되는데. 시공책에 옮겨 쓰면 힘이 많이 들잖아" 했다.

민규는 시공책에 꼭 옮겨 쓰고 싶다며 공책을 꺼냈다. 다른 아이들도 민규처럼 시공책을 꺼내 자기가 좋아하는 시를 정성스럽게 썼다.

시를 읽고 자신이 좋아하는 시를 옮겨 쓰는 아이들을 보면서 왜 진작 아이들에게 시를 고르게 하지 않았을까 후회했다. 2학년이라고 어리게만 보고 항상 내 시선에서 내가 좋아하는 시, 아이들이 좋아할 만한 시를 소개한 것 같아 마음이 편치 않았다. 아이들은 충분히 자기가 좋아하는 시를 고를 수 있는 능력을 가지고 있었는데 말이다.

보통 때는 책을 10분도 못 읽던 아이들이 한 시간 내내 앉아서 시를 읽었다. 다 읽고 나서 시집 이야기를 나누었다. 어른들이 쓴 시는 재미없다고만 생각했는데, 쉽고 재미있다고 하영이가 말했다. 다른 아이들도 재미있다며 시집을 바꿔 읽고 싶다고 했다. 혹시 시를 읽다가 어렵거나 힘든 점은 없었는지 물었더니 어렵지 않았고 그림이 있어 쉽게 이해되고 좋았다고 했다.

이대로 수업을 끝내야 하나 생각하고 있는데, 현빈이가 자신이 고른 시를 읽고 싶다고 했다. 기다렸다는 듯이 나는 얼른 자리를 현빈이한테 내주었다. 현빈이는《고양이가 내 뱃속에서》에 실린 '아기 손'을 골라 읽었다. 자기 동생이 두 살인데 이 시를 보면 동생 영빈이 손이 자꾸 생각나고, 자기도 동생 손이 귀여워서 살짝 깨물어 본 적이 있다고 했다.

다음으로 우리 반에서 수줍음이 가장 많은 동익이가《아니, 방귀 뽕나무》에서 '잠자는 사자'를 읽었다. 부모님이 직장을 다니기 때문에 할아버지, 할머니와 같이 사는 동익이는 아버지 생각이 나서 이 시를 골랐다고 했다.

하영이는《아니, 방귀 뽕나무》에서 '바람과 나무'를 읽었다. 자기는 할머니 등을 한 번도 못 긁어 드렸는데 시를 읽으니 할머니 등을 긁어 드리고 싶다고 했다.

우리 반 '시 읽는 날'은 이렇게 끝났다. 쉬는 시간에 교실 한쪽에 마련해 놓은 내 책꽂이에서 아이들이 다른 동시집을 빼내 읽고 있는 모습이 보인다.

조금 화난 말투로

"남의 책에 함부로 손대면 안 되지!"

"선생님, 이제 시가 좋아요. 이 시집 좀 빌려 가면 안 돼요?" 한다.

"안 되긴! 얼마든지 빌려 가도 된다."

대출을 맡고 있는 민욱이가 아이들이 들고 온 시집을 적는다고 정신이 없다. 내일 아이들이 빌려 간 시집을 다 읽고 어떤 말을 할지 벌써부터 궁금하다.

시 세상,
우리들 세상

시월의 마지막 날.

하늘은 맑고, 바다도 하늘빛을 닮아 더없이 푸르다. 학교를 둘러싼 나무는 곱게 물든 잎을 운동장에 떨어뜨린다. 그냥 교실에서 시간을 보내기에는 왠지 아쉬운 토요일이다. 내 마음을 미리 읽었는지 아이들은 나에게 기대 섞인 눈빛을 보낸다.

수요일 아침마다 산길과 바닷가 길을 함께 걸었고, 목요일 아침마다 시를 읽고 이야기 나누면서 시를 썼다. 금요일 아침에는 자연을 자세히 바라보는 법을 배우기 위해 그림을 그렸다. 이런 활동을 하면서 아이들은 저절로 자기를 표현하는 법을 조금씩 익혔다. 그리고 무엇보다 자기감정에 솔직해야 한다는 것을 익혔다.

아이들이 간절한 눈빛을 보내면 나도 모르게 겁이 난다. 아이들 요구를 제대로 만족시키지 못하면 어쩌나 하는 마음에 걱정이 된다. 재빨리 동시집 네 권을 들어 보였다. '아이, 참! 또 시예요' 하는 말이 나올까 봐 걱정했는데 다행히 얼굴이 밝다.

"지금까지 우리는 또래 아이들이 쓴 시만 공부했지요? 오늘은 시인들이 쓴 동시를 읽고 이야기 나누도록 하겠어요. 오늘 세 시간 다 국어 수업만 있으니깐 우리 다 같이 시 속에 풍~덩 빠져 봅시다."

여기저기서 재밌겠다는 말이 들렸다. 이 정도면 시작은 성공이다.

아이들한테 시집 표지만 보고 어떤 동시집이 재밌겠는지 선택해 보라고 했다. 권오삼 선생님이 쓴《똥 찾아가세요》와 그래도 담임이 쓴 책이라고《쫀드기 쌤 찐드기 쌤》을 읽고 싶다는 아이들이 많았다. 책이 한 권씩이라 서로 읽겠다는 아이들을 꼬시고 달래서 네다섯 명씩 모둠을 만들어 한 권씩 읽게 했다.

세 가지 활동을 하기로 했다. 첫 번째 활동은 자기가 고른 시집을 친구들과 돌아가면서 읽기, 두 번째는 자기가 좋아하는 시 한 편 골라서 시공책에 옮겨 쓰기, 세 번째는 자기가 고른 시와 비슷한 경험을 바탕으로 시를 쓰는 것이다.

책상을 한쪽으로 다 밀어서 붙이고 아이들은 교실 바닥에 둘러

앉아 시를 읽기 시작했다. 《똥 찾아가세요》와 《콧구멍만 바쁘다》, 《참새의 한자 공부》는 아이들의 발랄한 목소리가 많이 담겨 있고, 내용도 쉽고, 말맛을 살린 시들이 많아서 2학년인 우리 반 아이들이 읽기에 좋은 동시집이다. 그래서인지 읽는 내내 웃음이 끊이지 않았다. 《쫀드기 쌤 찐드기 쌤》은 2학년이 읽기에는 시가 긴 게 많고 내용도 조금 어렵다. 그렇지만 자기와 비슷한 환경인 바닷가와 농촌 아이들 이야기가 많이 나와서인지 그런대로 좋아하며 읽었다.

초등학교 2학년이 한 시간에 60편의 시를 읽는 것은 여간 힘든 일이 아니다. 그렇지만 아이들은 재미있는 놀이를 하듯 돌아가면서 시를 읽고 서로 이야기를 나누었다. 재미있는 시가 있으면 목소리를 달리해서 한 번 더 읽기도 하고, 친구가 읽고 있으면 다른 친구는 몸으로 시 내용을 표현하기도 했다. 자기 마음에 드는 시가 있으면 "이 시 진짜 좋네! 내가 골랐으니까 다른 사람은 고르기 없기" 하면서 미리 으름장을 놓기도 했다. 그러다가 다른 친구가 좋다고 하면 서로 자기가 할 거라고 다투기도 했다.

무릎을 꿇고 읽는 아이, 엎드려서 읽는 아이, 쪼그리고 앉아 읽는 아이. 자세는 달랐지만 시를 읽는 모습은 하나같이 진지했다. 공부 시간 끝나는 종이 울려도 쉬지 않고 진지하게 시를 읽는 아이들을 보면서 시 공부하기를 참 잘했다는 생각이 들었다.

첫 번째 활동을 마치고 두 번째 활동으로 자기가 좋아하는 시를 한 편씩 골랐다. 그냥 고르는 것이 아니라 왜 이 시를 골랐는지 까닭도 함께 시공책에 쓰도록 했다. 처음 계획은 시공책에 직접 쓸 생각이었는데 눈치 빠른 성우가 다른 친구들에게 짧은 시를 고르는 것이 좋다고 말하는 바람에 복사를 해서 시공책에 붙이도록 했다.

《똥 찾아가세요》를 읽은 현수는 똥파리들이 똥을 먹는 장면이 잘 나타나 있는 '똥파리들'이 가장 좋다고 했다. 그리고 송은이는 자신도 비슷한 경험이 있다며 '똥 찾아가세요'가 좋다고 했다. 윤화는 똥파리에게 똥이 맛있는 밥이라는 사실을 알았다며 '똥파리'가 좋다고 했다.《똥 찾아가세요》를 읽고 나서 우리 아이들은 더 이상 똥을 지저분하다거나 더럽다고 느끼지 않는 것 같아 보였다.

《콧구멍만 바쁘다》를 읽은 신희는 자기 아빠와 집에서 목욕하는 장면이 자꾸 떠오른다며 '뚱보 아빠'가 좋다고 했고, 미리는 자기도 목욕할 때 대충대충 한다고 '목욕'이 좋다고 했다. 글을 잘 못 읽는 채건이는 다른 친구가 읽는 것을 자세히 듣고는 '겨울비'가 좋다고 했다. 자신도 비가 오면 놀지 못해 걱정이 된다면서 자기 마음과 똑같단다.

《참새의 한자 공부》를 읽은 혜미는 자기도 현장학습 갈 때 비가 올까 걱정을 많이 했다며 '와르르 와르르'가 좋다고 했고, 승혜는 여덟 살 때 스케이트장에서 아끼는 신발을 잃어버렸는데 그때 생각이 많이 난다며 '공룡 신발'이 좋다고 했다. 시월에 전학 온 준서는 고성 공룡 박물관에 가서 공룡 발자국 본 것이 기억에 남는다며 '아기공룡 발자국'이 좋다고 했다.

《쫀드기 쌤 찐드기 쌤》을 고른 수민이는 무서운 민철이가 강아지 때문에 울었다는 이야기에 감동을 받았다며 '민철이'가 좋다고 했고, 산 가까운 곳에 사는 지윤이는 동백꽃과 동박새가 잘 어울린다며 '동박새'가 좋다고 했다. 자연을 볼 때 따뜻한 눈으로 보는 시우는 차에 깔려 죽은 뱀이 죽고 죽고 또 죽는다는 말이 자꾸 기억에 남아 마음이 아프다며 '죽은 뱀'을 골랐고, 이제는 다리가 놓이긴 했지만 섬에 사는 현준이는 낡은 배를 많이 봤다며 '낡은 배'를 골랐다.

모두 다 자기가 좋아하는 시를 고르고 나서 마지막 활동인 시 쓰기를 했다. 시인들이 쓴 시를 바탕으로 자기만의 이야기를 써 보기로 했다. 한 주에 한 편 정도는 시를 계속 써 왔기 때문에 아이들은 어려움 없이 시를 잘 썼다.

드디어 발표 시간!

발표하는 부담을 줄이기 위해 자신이 쓴 시를 발표해도 되고, 자기가 고른 시를 읽고 느낀 점을 발표해도 된다고 했다.

서로 눈치만 보고 있더니 자기감정을 가장 솔직하게 잘 발표하는 성우가 손을 들었다. 성우는 《참새의 한자 공부》에 나오는 '신발 한 짝'을 읽고 가슴 아픈 자기 이야기를 시로 썼다.

8월달

아버지가 이상하다.
7월달에 휴대폰 사주고
8월달에 집 나갔다.
어제와 그제 나한테만 전화한다.
나한테 전화하지 말고
할아버지한테나 전화해 주지
전화기를 확 뿌사고 싶다.

성우는 자신을 할아버지한테 맡기고 간 엄마, 아버지한테 불만이 많다. 그래서 아무 말 없이 집을 나간 아버지를 원망하는 시를 썼다. 성우의 처지를 잘 알고 있는 우리 반은 성우 시를 듣고 크게 손뼉을 쳤다. 처음 성우가 엄마에 대한 시를 썼을 때 나와 성우는 같이 울었다. 몇몇 친구들도 슬퍼서 고개를 들지 못했다.

우리 어머니

우리 어머니는 외국에 갔습니다.
가끔 나를 버렸다는 생각이 납니다.

하지만 이제는 성우의 시를 들으면 크게 손뼉을 쳐 준다. 그만큼 성우가 잘 이겨 내고 있고, 우리도 성우의 슬픔을 받아들일 마음의 여유가 생겼다. 성우가 발표한 것을 시작으로 우리 반 모든 아이들이 앞에 나와서 발표를 했다.

쉬는 시간도 없이 세 시간 내내 시 공부를 했다. 모든 활동이 끝나고 나서 아이들한테 힘들지 않았냐고 물어보았다. 초등학교 2학년이 세 시간 동안 쉬지도 않고 시집 한 권으로 공부한다는 것은 여간 어려운 일이 아니라는 것을 잘 알기에 솔직히 말해도 된다고 했다. 그런데 내 생각과는 달리 다음 주 토요일에도 이렇게 시 공부를 하자고 했다.

"선생님! 시집 속에 들어갔다 나온 느낌이에요! 시 세상에 들어가서 지금 막 나온 느낌이 너무 좋아요!"

시우가 손을 들더니 하는 말이다.

아이들도 손뼉을 치면서 맞아요! 맞아요! 하며 덩달아 좋아한다. 아이들의 모습을 보면서 참 다행이라는 생각이 들었다.

사실 올해 학교를 옮기면서 아이들과 하는 시 공부를 잠시 쉬려고 했다. 해마다 비슷한 내용과 방법으로 하다 보니 나 스스로 지겹기도 하고 밑천도 바닥이 난 상태여서 혼자 공부를 하고 싶었다. 그렇지만 아이들을 보면서 생각을 바꿨다. 비슷한 내용과 방법이지만 내가 만난 아이들한테는 새로운 내용이고 방법이라는 생각이 들었다.

수요일 아침마다 바닷가 길과 산길을 걸으면서 자연과 놀고, 목요일 아침마다 또래 아이들이 쓴 시를 읽고 이야기 나누고, 금요일 아침마다 풀과 나무를 그리면서 아이들과 나는 하나가 되었다. 성우가 마음을 열고 즐겁게 학교생활을 하는 것도, 혜성이가 또박또박 글을 읽게 된 것도, 승혜가 자기보다 친구를 먼저 생각하게 된 것도, 시우가 세상을 따뜻한 눈으로 바라보는 것도 모두 시를 함께 공부한 덕분이다.

말놀이에 빠—져 봅시다

"얘들아, 지난해에 가장 기억에 남는 공부가 뭐였노?"
"시 공부요. 올해도 시 공부해요."
"내 기분 좋으라고 일부러 말하지 말고 진짜로 한번 말해 봐라."
"진짜 시 공부가 기억에 남아요. 올해도 시 공부해요."

올해는 지난해 아이들을 그대로 만났다. 새로운 아이들에게 적응해야 하는 어려움은 없지만 지난해와 똑같이 하면 교육이 아니라 그냥 반복 학습일 것 같아 내심 걱정이 되었다. 다행스럽게도 아이들 모두가 시 공부를 또 하고 싶다고 말했다. 아이들이 고마워서 좀 더 체계를 세워 시 공부를 하기로 했다. 그래서 일주일에 일곱 시간이나 있는 국어 시간을 쪼개어 한 시간을 시 공부 시간으로 정했다. 초등학교 교육과정 해설서에도 일주일에 세 시간 이상 공부하는 교과는 평균 한 시간 이내에서 학교에서 필요하고 학생들이 원하면 창의적으로 재량 활동을 할 수 있다고 되어 있다. 그래서 수요일 아침 활동은 학교 주위 들길을 걷기로 하고, 목요일 첫째 시간은 시 공부 시간으로 정했다.

지난해에 아이들이 시를 공부했기에 올해는 시를 좀 더 쉽게 자기 생활의 한 부분으로 느끼게 하고 싶었다. 무슨 특별한 일이 있어야 시를 쓰는 것이 아니라 그냥 쉽게 시를 느끼고 쓰게 하고 싶었다. 옛날 우리 조상들이 놀면서 말한 것이 시가 되고 노래가 되었듯이 우리 아이들도 생활 속에서 자연스레 시를 느끼고, 흥이 나면 노래도 부를 수 있도록 하고 싶었다. 그래서 시가 재미있고 즐겁다는 것을 알게 하고 싶었다. 시에서 재미를 느낄 수 있는 부분은 많지만 시에서만 찾을 수 있는 재미는 언어라는 생각이 들었다.

그래서 고른 책이 최승호 시인의 《말놀이 동시집》이다. 이 책을 읽기 전에 백창우 선생이 새로 다듬고 엮은 전래 동요집 〈꼬부랑 할머니〉에 있는 전래 동요 가운데서 말놀이 동요인 '가재', '띠띠고 신신고', '깎고 깎고'를 함께 불러 보았다. 노래를 부르다가 흥이 나니 일어나라고 하지 않았는데도 일어나서 몸짓까지 섞어 가며 즐겁게 노래를 불렀다. 말 그대로 말놀이 동요이기 때문에 외우기도 쉽고 반복되는 말이 많이 나와서 자연스럽게 흥이 난다고 아이들은 말했다.

아이들이 말놀이 동요에 푹 빠져 있을 때쯤 최승호 시인이 쓴 《말놀이 동시집》 두 권을 내밀었다. 아이들은 책 표지에 크게 '말놀이 동시집'이라고 씌어 있는 것을 보고는 관심을 보이기 시작했다. 그리고 지금까지 우리가 함께 읽었던 시집과 다르게 책도 크고 표지 그림도 훨씬 더 재미있다고 빨리 보고 싶단다.

이쯤 되면 내가 할 일은 끝났다 싶어 아이들한테 모둠별로 시집 한 권씩을 나눠 주고 교실 뒤에 마련된 책방에 가서 시를 읽게 했다. 짧은 말을 반복해서 쓴 시들이 많아 아이들은 쉽고 재미있게 읽기 시작했다. 책방에 모둠끼리 옹기종기 모여 앉아 시를 읽으면서 웃고 떠드는 것이 아주 자연스럽게 느껴졌다. 책방에서는 조용히 해야 한다고 큰소리쳐 놓고는 금세 잊어버린 채 말놀이에 빠져 재미있게 책을 읽고 있다.

사자야 사자야
서커스 사자야
마술사 엉덩이를 왜 물었어?
엉덩이가 사과니?
엉덩이가 사탕이야?

사자야 사자야
마술사 엉덩이를 왜 물었어? ('사자')

'사자'라는 시를 읽고 아이들은 재미있다고 깔깔거리며 웃었다. 뭐가 그렇게 재미있냐고 물어보니 사자가 마술사 엉덩이 문 것을 상상하니 너무 재미있고, 마술사 엉덩이를 사과니, 사탕이니 하고 물어보는 부분도 재미있다고 한다. 또 귀엽게 생긴 사자가 마술사 엉덩이를 물고 있는 그림이 재미있어 자꾸 웃음이 나온다고 한다.

'허수아비'를 읽고는 시 내용처럼 자꾸 허허 하면서 웃다가 옆에 앉은 친구한테 혼나기도 한다. 다른 시를 읽으면서도 아이들 웃음소리는 끊이지 않았다. 시간이 조금 지나자 아이들이 반복되는 말은 크게 읽기 시작했다. 그러면서 자연스럽게 말 재미도 느끼고, 운율도 느끼기 시작했다.

거북해
거북이랑 있으면
거북해
잠을 자도 거북해
밥을 먹어도 거북해
책을 봐도 거북해 ('거북이')

거북이를 '거북해'라고 생각한 아이는 아무도 없을 것이다. 거북이를 '거북하다'고 생각한 것만으로도 아이들은 즐거워했고 '거북'이라는 단어를 힘주어 강하게 읽으니 자연스럽게 노래처럼 되었다. 원래 계획한 시 공부 시간이 지났는데도 아이들의 시 읽기는 끝나지 않았다. 어차피 둘째 시간도 국어 시간이라 아이들이 시에 푹 빠질 수 있도록 그대로 두었다. 가만 지켜보고 있으니까 《말놀이 동시집》 1권을 읽던 모둠에서 수수께끼를 내기 시작했다.

"소로 시작하는 세 글자로 된 말은?"

"소화기."

"소독약."

"소나기."

"아니, 소쿠리."

처음에는 시 안 읽고 뭐 하냐고 말하려고 했는데 가만 생각해 보니 이것도 말놀이라는 생각이 들었다. '소'로 시작하는 세 글자를 생각하면서 아이들은 나름대로 많은 생각을 할 것이고 그 말을 머릿속으로 상상하면서 말의 느낌이나 재미를 느낄 것이라고 생각했다. 가르쳐 주지 않았는데도 아이들은 스스로 시를 읽고 즐기는 방법을 잘도 찾아냈다. 아이들이 말놀이 동시를 좋아하니 교사로서 또 욕심이 살살 생기기 시작했다. 책방에서 시 읽기에 빠져 있는 아이들을 자리에 앉히고 우리도 말놀이 동시를 한번

써 보자고 했다. 아이들도 좋다며 자기가 먼저 쓸 거라며 교실 뒤에 놓여 있는 시공책을 들고 와서 쓰기 시작했다. 민욱이는 광일이 이름으로 말놀이 시를 썼다.

곽광일

곽 곽 곽 곽
우유곽
음료수곽
박스곽
내 친구 별명은 "곽"

민욱이가 쓴 시를 듣고 광일이도 웃고 다른 아이들도 웃었다. 보통 때 "곽"이라고 하면 놀리지 말라고 화내던 광일이도 자기 이름으로 시를 써 줘서 고맙다고 했다.

손미소

미소는 무엇이든지 웃는다
화가 나도 웃는다
잠을 자면서도 웃는다

밥 먹을 때도 웃는다
공부할 때도 웃는다
미소는 매일 웃는다
이름이 미소여서 웃는다

광일이 시처럼 우리 반 미소는 정말 많이 웃는다. 이름이 미소라서 많이 웃는 줄은 모르겠지만 진짜 많이 웃는다. 미소는 광일이가 쓴 시를 듣고 또 웃었다. 다른 아이들도 모두 말놀이 시를 한 편씩 다 썼다. 쓸 게 많다고 한 편 더 쓰고 싶다며 시간을 더 달라고 아우성이었다. 모두들 말놀이에 빠져 말에 말을 붙여 시를 쓰고 있었다.

우리는 흔히 아이들한테 시를 가르칠 때 시의 특징 가운데 하나로 운율을 말한다. 그리고 운율이 어떤 것인지 설명한다. 그렇지만 아이들은 운율을 제대로 이해하지 못한다. 그런데 말놀이 동시들은 반복되는 말이나 비슷한 말들이 많아서 읽으면 저절로 운율이 느껴진다. 운율이 뭔지 애써 설명하지 않아도 몸이 먼저 운율을 알고 몸이 알아서 운율을 느낀다. 그리고 그 운율은 어려운 것이 아니라 재미로 다가온다.

시를 읽는 까닭은 시 속에서 즐거움을 얻기 위해서이다. 특히 아이들의 시 읽기는 시 읽는 과정에서 재미를 찾아낼 수 있으면 그걸로 충분하다.

햇볕이 따스하게 들어오는 교실에서 아무 생각 없이, 아무 어려움 없이 우리 아이들이 말 재미에 푹 빠져 시를 느끼고 즐긴 시간이었다.

짝지 바꾸는 날

아침에 눈을 뜨자마자 학교에 가고 싶어 엄마한테 빨리 밥 달라고 말하게 할 수는 없을까? 금요일 공부 마치고 헤어질 때 학교 안 오는 토요일, 일요일이 가장 싫다고 말하게 할 수는 없을까? 아이들과 지내면서 난 언제나 이런 꿈을 꾼다.

4월이 되자마자 현준이가 아침부터 나를 졸졸 따라다니며 짝지 언제 바꿔 줄 건지 묻는다.

"내가 왜 짝지를 바꿔 줘야 하는데?"

"쌤이 4월 되면 짝지 바꿔 준다고 했잖아요."

"내가 바꿔 주는 게 아니라 니들끼리 의논해서 바꾸는 거지."

현준이가 쉬는 시간마다 괴롭혀서 5교시 창의적 체험활동 시간에 짝지를 바꾸기로 했다. 아이들은 짝지를 바꾼다는 사실만으로도 즐거워서 고함을 질렀다. 시끄럽다고 화를 내려다 참았다. 아이들 시를 같이 공부하는 후배가 자기 반 아이가 썼다며 보여 준 시가 생각났다.

짝지 바꾸는 날 마산 월포초 1학년 전현배

짝지를 바꾸니까
우리 반 친구들이 꽃처럼 예뻐진 것 같다.

단지 짝지를 바꿨을 뿐인데 현배는 반 친구들이 꽃처럼 예뻐 보인다고 한다. 짝을 바꾼 뒤부터 현배는 학교 가는 게 무엇보다 즐거웠을 것이다. 교사는 짝지 바꾸는 것을 대수롭지 않게 생각하지만 아이들은 학교생활의 전부라고 생각한다. 교사 나름대로 짝지를 정하다 보면 몇몇 아이들은 마음에 들지 않는다고 투덜거린다. 더 심한 경우에는 학부모한테 짝지를 바꿔 달라는 전화까지 받는다. 그래서 나는 아이들이 스스로 짝지를 정할 수 있게 한다. 스스로 정하면 투덜거리는 아이도 적고 자신들이 의논해서 정한 짝지이기 때문에 훨씬 분위기도 좋다.

드디어 짝지를 정하는 시간이 되었다. 칠판에 짝지를 정할 때

꼭 지켜야 할 규칙 두 가지를 적었다.

첫째, 한 모둠을 남자 두 명, 여자 두 명으로 만든다.
둘째, 모두가 의논해서 가장 좋은 방법을 찾는다.

간단하게 지켜야 할 규칙을 설명하고는 모든 것을 아이들한테 맡겼다.

교실 한가운데에 동그랗게 둘러앉아 어떻게 짝지를 정하면 좋을지 의견을 내기 시작했다. 처음에는 말도 조용히 하고 다른 친구가 말할 때 잘 들어 주었다. 생각보다 의논하는 태도가 좋아서 시간 안에 짝지를 정할 수 있을 것 같아 보였다. 그런데 시간이 지나갈수록 동그랗게 만든 원은 이리저리 찌그러지고 목소리는 커졌다.

"흥분하지 말고 제발 말 좀 살살해라."

"니 소리가 더 크거든."

"기찬아! 제발 좀 뒤로 나가라. 자꾸 안으로 들어오니까 원이 다 찌그러지잖아!"

"동언이도 안으로 들어왔는데 왜 나만 그러는데."

처음에 좋았던 분위기는 갈수록 험악해졌다. 여기저기서 고함 소리가 들리고 자기 목소리가 안 들린다고 일어서서 말하는 아이들도 생겨났다. 결국엔 남자와 여자가 단체로 싸움까지 했다. 의논하기 싫다고 뒤돌아 앉은 민준이, 시끄럽다고 얼굴을 감싼 미경이, 빨리 의논하자고 발을 동동 구르는 혜빈이, 손장난을 치고 있는 승민이와 현준이, 원을 빠져나와 혼자 책을 읽고 있는 성준이.

혜빈이가 나한테 와서 어떻게 좀 해 달라고 했지만 나는 그냥 싱긋이 웃고는 혜빈이를 돌려보냈다. 이렇게 싸움만 하다 30분이 훌쩍 지나갔다.

지금까지 조용히 지켜보고 있던 도솔이가 한마디 한다.

"시간도 다 돼 가는데 제발 진정 좀 하고 우리 다시 의논해 보자."

"그래, 다시 해 보자."

혜빈이가 맞장구를 쳤다. 다시 아이들이 교실 한가운데에 동그랗게 모였다.

그런데 또다시 큰소리가 나기 시작했다.

"에이! 그냥 자리 안 바꿀래."

승민이가 한마디 했다. 승민이 말에 아이들이 조용해졌다. 약속한 시간이 지났다. 결정된 것은 하나도 없고 싸움만 하다 40분이 훌쩍 지나 버렸다. 10분만 더 시간을 달라고 해서 그렇게 했다. 모두들 시간 안에 짝지를 정하려고 진지했다.

드디어 어떻게 앉을지 방법을 찾았다.

"좋아하는 사람끼리 앉기"

그런데 미경이가 한마디 한다.

“나는 혜빈이랑 앉고 싶은데 현지도 혜빈이랑 앉고 싶어 하는데 어떡하지?”

미경이 말에 승민이랑 현준이도 도솔이랑 같이 앉고 싶다고 한다. 어쩔 수 없이 남자는 남자끼리, 여자는 여자끼리 의논해서 모이기로 했다.

한 시간이 지났다. 어쨌든 모둠이 꾸려졌다. 아이들 얼굴을 보니 대부분 만족하는 얼굴이다. 짝지를 정해 보고 나서 느낀 점을 물어보았다.

“힘들었지만 우리가 직접 짝지를 정하니까 좋았어요.”

“저는 가영이랑 앉고 싶었지만 이번 달에는 제가 양보를 했어요.”

“의견을 하나로 모으는 게 참 힘들었어요.”

민준이가 이리저리 눈치를 살피고 있어서 느낀 점을 이야기해 보라고 했다.

“짜증 나고 힘들었어요. 그냥 선생님이 정해 주면 좋겠어요.”

민준이 말을 듣고 아이들한테 다시 물었다.

“그럼, 내가 그냥 정할까요?”

예와 아니요 대답이 섞여 나온다. 이제 의논해서 짝지 정하는 일은 다시 안 할 거라고, 내 마음대로 정한다고 하니 힘들어도 자기들이 할 거라고 말한다.

초등학교 2학년한테 짝지 정하는 일을 의논하라고 한 것은 조금 힘든 일일 수도 있다. 그렇지만 자신이 원하는 것을 얻기 위해서는 노력이 필요하다. 그리고 그 노력은 자기 혼자만의 힘이 아니라 여럿이 뜻을 모을 때 더 값지다. 이런 활동들이 아이들이 커가는 데 꼭 필요한 것이라고 나는 믿는다.

한 시간 동안 아이들이 하나의 문제를 해결하기 위해 서로 고민하는 모습이 참 보기 좋았다. 그리고 그 고민을 해결하기 위해 서로 다투는 모습도 보기 좋았다. 의견을 모으는 모습이 조금 서툴러도 화내지 않고, 참견하지 않고 묵묵히 아이들을 믿고 바라본 나도 오늘은 대견스럽다.

자기를 드러낼 수 있는 용기

새로 만난 아이들과 생활한 지도 두 달이 훨씬 지났다. 나도 조금씩 아이들이 편하고, 아이들도 나를 편하게 대하는 것 같다. 자기가 보고, 듣고, 느낀 것을 자기 말로 편하게 쓰는 것을 보면서 이제 시 쓰기를 쉽게 받아들인다는 생각이 들었다.

어렴풋하게 아이들의 가정환경을 알고 있어서인지 식구들 이야기를 할 때마다 조심스러웠다. 어떤 아이는 엄마가 안 계시고, 어떤 아이는 아버지와 따로 살고, 어떤 아이는 할머니랑만 살고 있으니 식구 이야기는 늘 부담스러웠다. 그 부담스러움을 이제는 조금씩 허물고 아이들과 하나가 되어야겠다는 결심이 섰다.

목요일 아침, 시 공부 시간.

아이들은 벌써 시공책을 들고 밖으로 나갈 준비를 하고 있다. 그런 아이들에게 오늘은 교실에서 시 공부를 한다고 했다. 순간 실망스러운 눈으로 나를 바라보는 아이들한테 미리 준비한 시를 보여 주었다.

우리 어머니 부산 동신초 4학년 김순남

우리 어머니는
날마다 시장에 가십니다.
오늘도 새벽에 나갔습니다.
우리 어머니는 쇳덩거리입니다.
(이오덕 엮음《일하는 아이들》에서)

다 같이 읽고 나서 어떤 느낌이 드는지 물어보았다.

지성이가 무슨 말인지 모르겠다며 시가 안 좋다고 했다. 어떤 부분을 모르겠냐고 다시 물어보니 "쇳덩거리"가 뭔지 모르겠단다. 아이들에게 쇳덩거리는 쇳덩어리, 쇳덩이라고 말해 주었다. 그리고 나서 다시 한번 다 같이 시를 읽어 보자고 했다.

다 읽고 나서 다시 물어보았다.

"순남이 어머니는 왜 새벽에 시장에 가시나요?"

"시장에 필요한 것 사러 가요."

"시장에 뭐 팔러 가요."

"시장에 있는 식당에 가요."

"그럼, 순남이 어머니는 시장에서 무슨 일을 하실까요?"

"조개를 팔아요."

"채소 팔아요."

"생선 팔아요."

"식당에서 일해요."

"새벽에 물건 싸게 사서 다른 곳에 팔아요."

"어머니는 맨날 이렇게 새벽에 나가서 일하는데 어떨까요?"

"힘들어요."

"안 하고 싶을 것 같아요."

"억지로 어쩔 수 없이 하는 것 같아요."

"왜 순남이는 어머니를 쇳덩거리라고 했을까요?"

"엄마가 쇳덩어리처럼 강해서 그랬어요."

"너무 일을 많이 해서 엄마 몸이 쇳덩어리처럼 무거워서 그랬어요."

"힘든데도 어쩔 수 없이 일해야 되니까 자꾸 몸이 굳어서 쇳덩어리처럼 되는 것 같아서 그랬어요."

"혹시 여러분 엄마도 순남이 엄마처럼 힘들어하는 모습을 본 적이 있나요?"

"전에 살던 집에 층간 소음이 심해서 위에 사는 사람과 다퉜는데 엄마 혼자 위층 아저씨, 아줌마랑 싸우는데 많이 힘들어 보였어요."

"아침에 모텔에서 청소하고 나서 아침밥도 안 먹고 바로 어판장으로 일하러 가는데 힘들어 보여요."

"엄마랑 아빠랑 싸우고 나서 엄마가 집 밖에서 혼자 우는 것을 보니까 엄마가 걱정되었어요."

아이들이 엄마 이야기를 했다. 늘 엄마는 강하고 자기를 위해 주는 사람이라고 생각했는데 다른 친구들 말하는 것을 들으면서 엄마가 얼마나 힘들게 사는지 느끼는 것 같았다.

가만히 듣고 있는데 갑자기 용현이가 선생님 엄마는 어땠냐고 물었다. 순간, 그냥 얼버무리고 넘어갈까, 아니면 돌아가신 엄마 이야기를 할까 고민했다. 생각해 보면 아이들 이야기만 들었지 내 이야기는 제대로 한 적이 없었다. 아이들한테만 끊임없이 마음속 이야기를 해 달라고 조르기만 했다.

그래서 엄마 이야기를 했다. 논일과 밭일, 바닷일로 쉴 틈이 없어서 고생만 하다가 5년 전에 돌아가셨다는 이야기를 했다. 용현이는 나를 뚫어져라 쳐다보고 있었다. 돌아가신 엄마 이야기를 하니까 엄마 생각이 났다. 서둘러 마무리하고 내가 쓴 시를 읽어 주었다.

엄마와 갯지렁이

엄마는
갯지렁이 팔 때가
참 행복하답니다.

남들보다 못 배우고
못 가진 서러움도
갯지렁이 파다 보면
다 잊게 된답니다.

세상일 가운데서
갯지렁이 파는 게
가장 자신 있다는
우리 엄마.

힘들게 갯지렁이 팠을 텐데도
집으로 돌아올 때는
어깨가 쫙 펴져 있습니다. (《쫀드기 쌤 찐드기 쌤》에서)

시를 읽는데 엄마 생각에 눈물이 나올라 해서 얼른 다른 시를 보여 주었다.

우리 엄마 6학년 이지인

향상 향긋한 향수
냄새만 나던 우리 엄마
요즘엔 굴 까러 다닌다고
지독한 굴 냄새만 난다.
굴 깐다고 손도 퉁퉁 부었다.
집에 와서는
우리한테는 항상 밝은
얼굴로 대해준다.
힘들면서도 억지로 그러는
엄마를 보면 가슴이 아프다. (최종득 엮음 《붕어빵과 엄마》에서)

지인이가 쓴 시를 다 같이 읽고 나서 물었다.

"여러분, 굴 냄새 알죠?"

"네, 바다 냄새요."

"비린내요."

"썩은 냄새요."

"여러분 엄마 몸에서는 어떤 냄새가 나요"

"별 냄새 안 나는데요."

"땀 냄새요."

"그냥 좋은 냄새요."

"화장품 냄새요."

"고기 굽는 냄새요."

이 시는 바로 이해가 된다며 그냥 넘어가자고 했다. 그러면서 자기들도 시를 쓰고 싶단다. 시를 쓰기 전에 또 잔소리를 한다.

"보통 때 엄마가 아니라 자기 가슴속에 남아 있는 한 장면을 떠올려서 시를 쓰면 됩니다. 그리고 시를 쓸 때는 절대 친구랑 이야기하면 안 되는 거 잘 알고 있죠? 한번에 쭉 생각나는 대로 쓰기 바랍니다. 그럼 다 같이 시작. 쌤은 감동받을 준비하면서 기다리고 있을게요."

아이들이 시를 쓰기 시작했다. 몇몇 아이들은 뭘 써야 할지 몰라 두리번거리는데 용현이는 연필을 잡자마자 시를 쓰기 시작했다. 용현이한테 다가가서 시를 읽었는데 깜짝 놀랐다.

할아버지

우리 할아버지는 마산 요양병원에 계신다.
방학이 되면 할아버지를 보러 간다.
할아버지에게 가면 꼭 나에게 돈을 주신다.
왜 주는 걸까?
할아버지 맛있는 거 사 먹으시지.
그럴 때마다 고마운 마음도 들지만
안쓰러운 마음이 든다.
그것보다 할아버지가
하루만이라도 집에 같이 있으면 좋겠다.

용현이를 살짝 복도로 불렀다. 그리고 아무 말 없이 용현이를 껴안았다. 용현이 눈가가 촉촉이 젖었다. 이런 이야기를 시로 써주어서 고맙다고 했다. 그리고 더 이상 손댈 곳 없는 완벽한 시라며 할아버지가 많이 보고 싶겠다며 다시 한번 껴안았다.

그리고는 몇 번을 망설이다가 이때껏 하지 못한 말을 했다.

"용현아, 이제 아빠 이야기 써야지. 용현이 가슴을 꾹 누르고 있는 아빠 이야기 말이야. 니가 말 안 해도 쌤은 다 알고 있다. 니가 힘든데도 힘든 티 안 내고 늘 웃으면서 지내는 모습에 마음이 많이 아프다. 이제는 쌤 믿지? 그러니까 이제 아빠 이야기 쓰자. 그래야 니 마음이 조금은 편해질 거야. 쌤 믿고 니 가슴속에 있는 답답하고 힘든 이야기 시공책에 다 풀어 봐."

내 말을 들으면서 용현이는 하염없이 울었다. 울고 있는 용현이를 아무도 없는 컴퓨터실로 데리고 갔다. 그리고 한동안 아무 말 없이 용현이를 껴안았다. 그리고 울고 싶으면 더 많이 울어도 된다고 했다. 울고 나서 조금 마음이 진정되면 아빠 이야기를 써 보자고 말하고 나서 용현이를 홀로 남겨 두고 교실로 돌아왔다.

다른 아이들이 쓴 시를 보면서 서로 이야기 나누다가 마칠 때쯤 되어서야 용현이한테 갔다. 용현이는 눈물을 그치고 가만히 앉아 있었다. 시공책을 덮은 채로.

용현이가 아빠에 대한 시를 쓰지 않았을 수도 있겠구나 하는 생각이 들었다. 아무 말 없이 용현이 시공책을 펼쳤다.

아빠

우리 아빠는
지금 아주 힘든 곳에 계신다.
언제 오는지도 모른다.

한 달에 한 번씩은 아빠에게 편지가 온다.
"아빠 돈 많이 벌어서 갈게."
아빠는 내가 아빠가 그 곳에 있는지 모른다 생각한다.
그리고 한 날은 아빠랑 아이가
즐겁게 놀고 있는 것을 보았다.
그럴 때마다 나는 작아지고 작아진다.
어떨 때는 아는 친구가 말한다.
"너희 아빠는 지금 어딨어?"
그럴 때마다 말을 돌린다.
왜 나는 떳떳이 아빠 이야기를 못하는 걸까?

시를 읽고 용현이를 꼭 껴안았다. 용현이는 또 울먹이기 시작했다. 할머니와 아빠는 자기가 이 사실을 모르고 있다고 말했다. 몇 달 전에 할머니가 누구랑 통화하는 것을 듣고 아빠가 교도소에 있다는 것을 알았단다.

그 말을 듣는 순간 용현이는 얼마나 큰 충격을 받았을까? 그냥 먼 곳에서 일하고 있는 줄로만 알았지 아빠가 그런 힘든 곳에 있다는 것은 상상도 못 했을 것이다. 그렇지만 용현이는 할머니랑 아빠한테 절대 내색을 하지 않는다. 오히려 용현이는 더 많이 웃고 더 많이 장난을 친다.

울고 있는 용현이한테 장난을 쳤다. 용현이가 좋아하는 "똥"

이야기를 하면서. 울다가 웃는 용현이. 다시 장난꾸러기로 돌아왔다.

미리 준비해 간 수건을 주면서 세수하고 교실로 들어오라고 했다. 활짝 웃고 가면서 손으로 똥 모양을 그리는 용현이.

이제 용현이를 편하게 대할 수 있을 것 같다. 늘 안쓰러운 마음이 먼저 들어 용현이에게 실수할까 봐 걱정했는데 이제 그런 걱정이 없어졌다.

지금 생각해 보면 용현이가 "선생님 엄마는 어땠어요?" 하고 물었을 때 솔직하게 엄마 이야기를 잘 했다는 생각이 든다. 그때 대충 얼버무리고 넘어갔다면 용현이도 할아버지와 아빠 이야기를 하지 않았을지도 모른다.

세상 모든 일에는 용기가 필요하다는 것을 느꼈다. 자기 삶을 제대로 말할 수 있는 용기. 그 용기가 세상에서 둘도 없는 시를 쓰게 하는 힘이라는 것을 용현이한테서 배웠다.

거제도에 눈이 내려요

눈이 내렸다. 거제에서 10년 넘게 살았지만 이렇게 눈이 많이 내린 적은 처음이다. 아침에 교실로 들어섰는데 아이들이 없다. 모두 운동장에서 눈싸움을 한다고 난리다.

태어나서 처음으로 눈싸움을 하는 아이도 있겠구나 싶어 보는 내가 더 신이 났다. 창문을 열고 눈 내린 운동장에서 강아지마냥 이리저리 뛰어다니는 아이들을 바라보았다. 이안이가 나를 보고는 빨리 나오라고 손짓을 했다. 마음은 벌써 운동장에 가 있지만 너무 쉽게 나가면 쉬운 담임으로 보일까 봐 몇 번 못 본 척하다가 운동장으로 갔다.

신발을 신고 운동장에 나가자마자 아이들이 손에 눈 뭉치를 들고 나를 공격한다. 마음 여린 형규와 민근이가 날 도와줘도 스무 명의 아이들이 공격하니 당할 재간이 없다. 이리저리 도망 다니다가 공부 시작하는 종 덕분에 겨우 빠져나올 수 있었다.

교실로 들어와서도 아이들은 마음을 추스르지 못하고 자꾸 운동장 쪽만 바라보았다. 나도 아이들과 같이 눈밭에서 놀고 싶었다. 그렇지만 나는 대한민국 교사가 아닌가! 내가 먼저 눈밭에서 놀자고 할 수는 없지 않은가! 누군가가 내 마음을 알고 밖에서 공부하면 좋겠다는 말을 해 주길 은근히 기다렸다. 아무도 말을 꺼내지 않아서 포기하고 국어책을 펴라고 했다.

"선생님! 눈 때문에 세상이 너무 예뻐요. 세상이 이렇게 아름다운데 교실에서 공부한다는 것은 쫀드기쌤답지 않아요. 우리 산으로 가든지, 아니면 바다로 가든지 해요."

세빈이가 손을 들고 말을 한다.

세빈이 말이 끝나기 무섭게 다른 아이들도 밖에서 공부하자고 난리다. 기다렸다는 듯이 바로 밖에 가자고 하면 속 보일까 봐 아무 말 안 하고 잠시 망설이는데 재우가 한마디 보탠다.

"약속은 소중하니까 꼭 지켜야 한다고 선생님이 늘 말했죠? 그런데 선생님은 왜 약속 안 지켜요. 이번 주 화요일 아침에 바닷가 걷기 안 했잖아요. 그러니까 오늘 해요!"

이렇게 나오면 바로 꼬리를 내릴 수밖에 없다. 아이들과 하기 힘든 활동이나 내가 조금이라도 게으름을 피운다는 느낌이 들면 어김없이 아이들과 약속을 해 버린다. 재우 말처럼 약속을 칼같이 지키려고 노력하고 아이들한테도 강조한다. 그래서 재우가 한 말처럼 약속을 안 지킨다는 말만 나오면 꼼짝 못 하고 바로 행동에 옮긴다.

그렇다고 대한민국 교사가 그냥 밖에서 눈싸움하자고 하면 교사로서 체면이 서지 않아 그럴듯하게 한마디 한다.

"그래! 알았어요. 오늘 1교시 국어 시간에는 눈 온 세상을 몸으로 직접 느끼고 그 내용을 시로 써 보도록 하겠습니다."

내 말이 끝나지도 않았는데 아이들은 벌써 신발을 챙겨서 복도를 운동장처럼 뛰어나갔다. 마음 같아서는 산에 가고 싶었지만 산에 가려면 차가 다니는 도로를 건너야 하고 또 학교 밖을 나가야 하기 때문에 교감 선생님한테 허락을 받아야 한다. 그래서 우리 반의 영원한 아지트인 학교 뒤에 있는 바닷가로 갔다.

거의 날마다 보는 바다지만 오늘은 눈이 내려 파란 바다와 하얀 눈이 제법 잘 어울렸다. 바다에서 떠밀려 온 스티로폼이 하얀 눈을 덮어쓰고 있었다. 아이들과 함께 스티로폼에 이름과 꿈을 적고 손바닥 도장을 찍었다. 그리고 꿈을 이루어 달라는 뜻으로 스티로폼을 바다에 띄워 보냈다. 파도를 타고 바람에 실려 바닷가로 떠다닌다.

바닷가는 우리가 오기를 기다리고 있었던 것처럼 흔적 하나 없이 하얗다. 스티로폼과 바위에 쌓인 눈은 흙이 하나도 묻지 않아 아이들과 눈싸움하기에 참 좋았다.

여자와 남자로 편을 가르고 눈싸움을 했다. 얼굴을 맞히면 안 된다고 했는데 눈싸움에 너무 열중하다 보니 얼굴에 맞고도 우는 것이 아니라 좋아서 웃었다. 눈을 뭉쳐서 친구 머리를 감기는 아이도 있고 등에 눈을 넣고 도망가는 아이도 있었다.

등에 눈이 들어갔다고 펄펄 뛰면서 좋아하는 아이, 눈을 가지고 얼굴에 마사지하는 아이, 스티로폼에 쌓인 눈을 손으로 털면서 또 눈이 온다며 노래를 부르는 아이. 모두 즐거운 얼굴로 이리저리 뛰어다니는 모습을 보면서 역시 아이들은 교실이 아니라 밖에서 더 행복해한다는 것을 다시 한번 느꼈다. 공부를 하면 금방 싫증 낼 시간인데 아이들은 시간이 부족하다며 교실로 들어가자는 나를 자꾸 꼬드긴다. 못 이기는 척 꼬드기는 대로 더 놀다가 교실로 들어왔다.

실컷 놀고 와서 그런지 얼굴마다 생기가 가득하다. 바닷바람에 볼이 빨갛게 얼었지만 눈은 너무나 맑게 빛난다. 이런 얼굴을 보는 게 참 오랜만이다.

바닷가 작은 학교지만 이곳 아이들도 도시 아이들과 마찬가지로 빡빡한 학교생활과 학원 생활 때문에 마음 편하게 쉬지 못한다. 그리고 공부 때문에 스트레스를 많이 받으며 살고 있다. 아이들한테 일주일에 단 하루라도, 아니 한 달에 단 하루라도 오늘처럼 실컷 웃고 떠드는 시간이 있으면 얼마나 좋을까 생각해 본다.

미리 이야기한 것처럼 몸으로 느낀 눈을 시로 나타내 보자고 했다. 시를 좋아하는 담임을 만나서 아이들은 어떤 활동을 하고 나면 꼭 시를 쓴다. 그렇다고 강요할 수는 없다. 시를 쓰는 것을 원칙으로 하지만 정 내키지 않으면 시를 안 써도 된다.

아이들은 시 속에 푹 빠져 자신이 몸으로 느낀 눈을 쓰고 있다. 그 모습을 지켜보는데 오늘 아이들과 행복한 시간을 갖게 해 준 눈이 고마웠다. 이제 일주일만 있으면 아이들과 헤어진다.

나는 해마다 2월이 되면 1년 동안 정든 아이들과 정 떼는 연습을 한다. 보통 때보다 더 쌀쌀맞게 대하고 행동도 조금 거칠게 한다. 나하고 정이 많이 들수록 다음 학년 선생님과 친해지는 데 시간이 오래 걸리기 때문에 아이들한테 욕을 들어가면서까지 일부러 정 떼는 연습을 한다.

몇 년 전에 함께 공부한 아이가 시 수첩에 쓴 글을 보고 놀랐다.

우리 선생님 우리한테
정 뗀다고 욕본다.

늘 어리게만 본 아이들인데 아이들도 내가 왜 이러는지 알고 있었다. 내가 진정으로 아이들을 사랑하는 마음으로 하면 아이들도 내 마음을 알고 모른 척 그냥 넘어가 준다. 아이를 위해 조금씩 정을 떼는 것은 1년 동안 같이 산 아이들한테 내가 해 줄 수 있는 마지막 사랑이라고 생각한다.

내일부터 아이들한테 쌀쌀맞게 대하면 아이들이 어떻게 할지 조금 걱정은 되지만 그래도 아이들을 위해서 남은 일주일은 열심히 정을 떼야겠다. 10년에 한 번 올까 말까 한 눈이 내려 아이들과 행복한 마무리를 할 수 있어 더 없이 즐거운 하루다.

제3부

바다를 품고, 다시……

내가 받은
최고의 훈장

혜인이는 거제에 딸린 작은 섬에서 만난 아이다. 4학년을 맡았는데, 가정방문을 하기로 마음먹고 며칠 전에 아이들한테 미리 안내를 했다.

가정방문 하는 날, 혜인이 집이 가장 가까워서 혜인이 집부터 가기로 했다. 그런데 혜인이가 자기 집에는 아무도 없다면서 가정방문을 안 하면 안 되냐고 했다. 부모님이 모두 바닷가에 일하러 갔겠거니 생각하고 그냥 혜인이 공부방만 보면 된다고 했다. 내 말이 끝나자마자 혜인이가 울먹이며 말했다.

"선생님! 엄마랑 아빠는 제가 어릴 때 이혼하고, 지금은 할머니랑 아버지랑 사는데 아버지는 아파서 병원에 있어요. 할머니도 몸이 안 좋은데 바다에 조개 파러 갔어요."

울먹이는 혜인이를 보면서 사정도 모른 채 집에 가겠다고 한 내 자신이 참 부끄러웠다. 혜인이는 항상 밝게 웃고 친구들을 잘 챙기는 아이였다. 그래서 혜인이가 이런 아픔을 겪고 있을 거라고는 생각도 못 했다.

울고 있는 혜인이를 달래며 가정방문은 안 할 테니 걱정하지 말라고 했다. 그리고 아무것도 모르고 무턱대고 가정방문을 와서 진짜 미안하다고 했다. 그 뒤로 혜인이만 보면 그때 울먹이던 모습이 떠올라 가슴이 아팠다.

혜인이의 마음속에 응어리진 아픔을 풀어 주고 싶었다. 그래서 아이들과 함께 시를 공부하기로 마음먹었다. 또래 아이들이 쓴 시를 읽고, 비슷한 경험을 이야기하면서 시도 공부하고 자기 삶도 공부하는 시간을 보냈다. 혜인이는 시간이 날 때마다 시를 써서 보여 주었다.

눈물

눈물은
눈물은
왜 중요할 때는

안 나고
별로 중요하지 않을 때
나는 걸까?

혜인이는 자기 슬픔을 남한테 말하지 않는 아이였다. 언제나 웃는 얼굴로 친구들을 도와주고 짜증 내는 일도 없는 한없이 착한 아이였다. 그래서 우는 일도 잘 없었다. 그런 혜인이가 '눈물'이라는 시를 썼다. 시를 보면서 혜인이가 얼마나 많이 참고 사는지 알 수 있었다. 가슴속에 슬픔이 가득 차 있어서 중요할 때는 의식적으로 눈물을 참는데 별로 중요하지 않을 때는 자기도 모르게 눈물이 나온다는 말이 이해가 되었다.

헤어진 뒤

엄마와 떨어져 산 지 오 년
맨 처음엔 몰랐다. 빈자리가 그리 클지
일 년, 이 년, 삼 년
나이를 한 살, 두 살, 세 살 먹을수록
더욱더 커지는 빈자리와 그리움
잘 지내고 있을까?
왜 전화 한 통 없는 걸까?

그렇게 흘러간 오 년이란 세월
가슴이 사무치도록 아프다.

혜인이가 쓴 시에는 엄마와 아버지에 대한 내용이 많았다. 초등학생이 얼마나 마음이 아프면 '가슴이 사무치도록 아프다'고 썼을까? 혜인이가 처음 시를 썼을 때는 엄마와 아버지에 대한 원망과 그리움이 가득했다. 시간이 지나면서 원망과 그리움은 옅어지고 조금씩 아픔을 이겨 내는 시를 썼다. 혜인이는 시를 쓰면서 건강해졌고, 자신의 처지를 부끄럽게 여기지 않고 담담히 받아들일 줄도 알게 되었다. 혜인이가 고마워서 시를 써 올 때마다 칭찬을 했고, 칭찬을 받을수록 자기 이야기를 있는 그대로 썼다.

혜인이가 중학교 졸업식을 마치자마자 억수같이 쏟아지는 비를 맞고 친구들과 함께 버스를 두 번이나 갈아타고 내가 있는 학교로 찾아왔다.

멋지고 예쁘게 바뀐 모습이 대견해 한 명 한 명 손을 잡고는 중학교 졸업을 축하한다고 말했다. 그동안 어떻게 지냈는지 이야기를 나누다가 자연스럽게 초등학교 때 이야기가 나왔다. 아이들은 아침 활동 시간과 국어 시간에 산과 바다로 다니면서 자연을 느끼고 시를 공부한 것이 가장 기억에 남는다며, 지금도 한번씩 학급 시집을 보면서 초등학교 때를 떠올린다고 했다. 초등학교 때가 좋았다며 다시 그 시절로 돌아가고 싶다고 했다. 그때 친구들 이야기를 가만히 듣고 있던 혜인이가 말을 건넸다.

"선생님! 사실 저는 중학교 가서 공부를 못했어요. 아버지가 돌아가셔서 정신이 하나도 없었거든요. 그래서 남들이 안 좋다고 말하는 실업고등학교에 가요. 그래도 저는 행복해요. 힘들거나 어려운 일이 생길 때면 초등학교 때를 생각해요. 시를 읽고, 시를 쓰고, 시 이야기를 나누면서 참 즐거웠거든요. 그리고 초등학교 때 선생님과 같이 지낸 2년이 정말 행복했기 때문에 힘들면 그 행복 끄집어내서 살 수 있어요. 그러니까 걱정 마세요."

순간 눈물이 핑 돌았다. 내가 특별히 잘해 준 것도 없는데 이렇게 고마운 말을 듣다니.

그때 나는 아이들과 하고 있는 공부를 계속해도 되는지 고민하고 있었다. 아이들은 제도권 교육에 잘 적응하고 있는데 괜히 시 공부니, 자연 공부니, 삶을 가르치는 공부니 해서 아이들에게 혼란만 주는 게 아닌지 걱정스러웠다. 무엇보다 아이들과 함께 하는 공부가 참된 공부인지, 아이들은 과연 행복하게 살고 있는지 불안하고 초초했다. 그런데 그날, 혜인이가 나에게 엄청난 힘을 주었다. 혜인이 말 덕분에 확신을 가질 수 있었다.

혜인이가 억수같이 쏟아지는 비를 맞으며 나를 찾아와서 해 준 말은 아이들과 생활하면서 내가 받은 최고의 훈장이다.

동생 보는 날

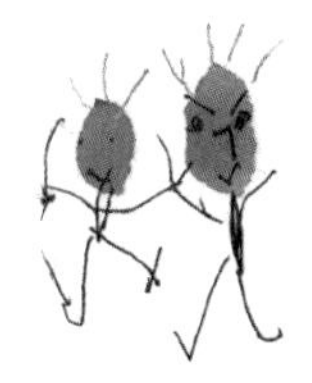

다미가 학교에 오지 않았다. 어제도 학교에 오지 않았는데 오늘도 오지 않았다. 다미와 늘 붙어 다니던 지인이한테 물어보았지만 잘 모르겠다고 했다. 이 학교로 온 지 얼마 되지 않아 아직 아이들을 잘 모르는 나는 다미가 어떤 아이인지 궁금해지기 시작했다.

쉬는 시간에 다미 집에 전화를 해 보았지만 전화를 받지 않았다. 처음에는 부모의 무관심에 화가 났지만 시간이 지날수록 자꾸 걱정이 되기 시작했다. 급한 마음에 수업을 마치자마자 다미 집을 찾았다. 내가 걱정한 것과는 달리 다미는 평온하게 집에 있었다. 순간 화가 났지만 그래도 꾹 참고 다미한테 물었다.

"다미야, 아프지도 않고 별일도 없는 것 같은데 왜 학교에 안 왔노?"

"선생님, 죄송합니더. 저는 학교에 가고 싶은데 동생 봐 줄 사람이 없어서 학교에 못 갔어예."

그러고 보니 두세 살쯤 되는 남자아이가 다미 옆에 엉거주춤 서 있는 것이 보였다. 순간 다미가 얼마나 무안하고 마음이 아플까 싶었다. 미안해하는 다미를 보고 애써 웃으며 큰 소리로 말했다.

"우리 다미는 참 착하네. 그래, 부모님 바쁘실 때는 다미가 동생을 봐야지. 학교는 걱정하지 말고 동생 잘 봐라."

다미를 보고 학교로 돌아오는 발걸음이 참 무거웠다. 60, 70년대도 아니고 요즘 같은 시대에 남들이 들으면 지어낸 이야기라며 나를 거짓말쟁이라고 놀릴 것 같았다.

집에 돌아와서도 잠이 오지 않았다. 다미 얼굴이 자꾸 떠오르고, 다미 옆에 꼭 붙어 나를 빤히 쳐다보던 동생 얼굴도 떠올랐다. 일 때문에 할 수 없이 막내를 다미한테 맡기고 바다로 나갔을 다미 부모님 마음은 오죽했을까 싶고. 이런저런 생각 때문에 잠을 이룰 수가 없었다.

답답한 마음에 다미를 생각하며 시를 썼다.

동생 보는 날

오늘은
우리 집 꼬막 터는 날

엄마는
새벽 일찍
바다로 나갔습니다.

머리맡 밥상 위
종이 한 장.

"오늘 학교 가지 말고
동생 좀 봐라."

이럴 땐
이럴 땐
내가 둘이고 싶습니다.

시를 쓰고 나서야 잠을 이룰 수 있었다. 다음 날 다미는 웃는 얼굴로 학교에 왔다. 혹시나 다미가 미안해할까 봐 더 반갑게 다미를 맞이했다. 바쁜 일이 끝나서 엄마는 오후에 일 나가면 된다고 했다. 다미가 솔직하게 이야기해 줘서 오히려 내 마음이 후련했다. 국어 시간에 어젯밤에 쓴 시를 복사해서 아이들한테 나눠 주었다. 다미는 시를 받자마자 나를 보고 씨익 웃었다.

아이들과 같이 내가 쓴 시로 이야기를 나누었다. 담임이 쓴 시라서 그런지 아이들은 무조건 좋다고 했다. 그러지 말고 좋으면 왜 좋은지, 이상한 부분은 없는지, 고쳐야 할 부분이나 잘못된 부분은 없는지 자세히 말 좀 해 달라고 부탁했다. 아이들은 시가 슬프다며 자기도 비슷한 경험이 있다고 이야기했다. 이러지도 저러지도 못하고 할 수 없이 해야 하는 일이 생겼을 때 참 힘들었다며 이 시에 나오는 주인공도 참 힘들겠다고 말했다.

시 이야기를 나누고 있는데 눈치 빠른 지인이가 우리들 가운데 이 시의 주인공이 있냐며 물었다. 대답을 해야 할지, 말아야 할지 망설이고 있는데 다미가 일어나서 이틀 동안 자기가 결석한 이유를 말했다. 당당하게 말하는 다미가 고마워 나도 모르게 손뼉을 쳤다. 다른 아이들도 다미처럼 행동했을 거라며 다미의 행동에 손뼉을 쳤다. 공부가 끝날 때쯤 나는 다미한테 이 시를 선물로 주었다. 다른 아이들의 부러운 눈길을 받으며 다미도 수줍게 웃었다.

지금도 난 이 시를 볼 때마다 동생 때문에 할 수 없이 결석한 다미를 떠올린다. 그리고 그런 생활을 너무나 당당하게 받아들이며 부끄러워하지 않은 다미의 건강함을 떠올린다.

쫀드기 학원

÷ 123456

우리 반 아이들은 모두 여덟 명이다. 여덟 명밖에 안 되지만 공부를 힘들어하는 아이가 있다. 여덟 명밖에 안 되는데 공부를 힘들어하는 아이가 있다는 것은 분명 내가 가르치는 방법에 문제가 있거나 아니면 내가 가르치는 데 게으름을 피우고 있기 때문일 거라고 생각했다.

그래서 나는 공부가 끝나면 아이들과 남아서 같이 공부를 한다. '나머지 공부'를 한다고 하면 남들은 이상한 눈으로 보지만 우리 반 아이들과 나는 나머지 공부를 전혀 이상하게 생각하지 않는다. 오히려 아이들은 '쫀드기 학원'이라며 좋아한다.

학교 마치고 집에 가 봐야 같이 놀 친구도 없고, 그렇다고 부모님이 집에 계셔서 놀아 주거나 공부를 도와주지도 않는다. 오히려 학교에서 친구들과 같이 놀면서 공부하는 것을 더 좋아한다. 나 또한 쫀드기 학원 시간은 정규 공부 시간이 아니기 때문에 가르치는 데 부담도 없고, 보통 때 나누기 힘든 이야기도 하면서 아이들과 가까워질 수 있어 좋다.

처음에는 네 명만 쫀드기 학원에 다녔는데 이제는 한 명 빼고 모두 쫀드기 학원에 다닌다. 아이들이 공부 시간 때보다는 쫀드기 학원의 나를 더 편하게 생각하고 좋아하는 것 같았다. 나도 쫀드기 학원 때문에 정규 공부 시간이 참 편해졌다.

보통 때는 한 시간에 가르쳐야 할 내용이 정해져 있기 때문에 진도 나가기 바빴는데 쫀드기 학원을 하고부터는 공부 시간이 참 여유로워졌다. 아이들이 활동하는 것을 찬찬히 지켜볼 수 있게 되었고, 어려워하는 아이들을 기다려 줄 수도 있게 되었다. 그리고 힘들어하는 부분을 따로 적어 두었다가 쫀드기 학원 시간에 그 부분을 아이 수준에 맞게 가르칠 수 있어서 좋았다.

그러나 이 좋은 쫀드기 학원도 안 좋은 점이 하나 있다. 아이가 모르면 알 때까지 끝까지 가르친다는 것이다. 얼핏 보면 그게 무슨 단점이냐며 되물어 볼 수도 있겠지만. 내 욕심 때문에 한없이 상처를 입는 아이가 있었다.

미소는 어릴 때 심장 수술을 해서 다른 아이들보다 키가 작고 성격도 소심하다. 그리고 집 사정이 좋지 않아 부모님과 떨어져 할머니와 지내고 있다. 그래서인지 미소는 다른 아이들보다 공부를 어려워했다. 처음에는 글도 제대로 못 읽고 받아쓰기도 어려워했다. 수학은 수 개념을 거의 몰라서 수학 자체를 싫어했다. 그렇지만 미소는 정말 열심히 쪼드기 학원을 다녔고 이제는 글도 읽고 받아쓰기도 어느 정도 한다.

한 번도 싫은 내색 하지 않고 열심히 쪼드기 학원을 다니지만 수학을 배울 때는 보통 때보다 더 소심해지고 자신 없어 한다. 나는 이런 미소의 행동이 못마땅해 더 열심히 덧셈과 뺄셈, 곱셈과 나눗셈을 가르쳤다. 그러나 내 노력과는 상관없이 미소는 어제 배운 내용도 잘 기억을 못 해서 나를 실망시켰다.

이런 일이 되풀이되면서 조금씩 미소를 함부로 대하기 시작했고 나도 모르게 그만 미소한테 짜증을 내고 말았다. 아무 말도 못하고 고개 숙인 채 눈물만 흘리는 미소를 보면서 마구 짜증을 낸 나 자신이 싫어졌다. 가만히 생각해 보니 가르치는 나보다 배우는 미소가 훨씬 더 답답했을 것 같다는 생각이 들었다.

우는 미소를 겨우 달래서 집으로 보내고 난 뒤에 곰곰이 생각했다. 미소의 우는 얼굴이 자꾸 떠올라 마음이 아팠다. 뭔가를 해야 했다. 연습장을 꺼내서 아무렇게나 생각나는 대로 쓰기 시작했다.

답답해

수학 시간만 되면
어려운 문제들이
머리에 꽉 막혀
아무 생각이 안 나요.

이해 못하는 날 위해
선생님은 한 번 더 설명해 주지만
그래도 알 수가 없어요.

멍하게 있는 내 모습이
선생님도 답답한지
가슴을 치며 힘들어해요.

이제 이해되니?
이제 알겠니?
선생님은 묻고 또 묻지만

나는 정말 모르겠어요.
나도 내가 답답해 미치겠어요.

다음 날 수학 시간, 나는 시를 아이들한테 나눠 주었다. 수학 시간에 시를 받아 든 아이들은 어리둥절해하면서 시를 읽었다. 다 읽고 나서 아이들은 자기 이야기를 쓴 게 아니냐며 좋아했다.

"선생님, 어려운 수학 문제는 설명을 아무리 들어도 모르겠어요. 그런데 선생님은 자꾸 알겠나? 하면서 물어보고, 모르겠다고 하면 큰소리로 화만 내고. 사실은 내가 선생님보다 더 답답하거든요. 선생님이 모른다고 화낼 때는 억쑤로 미워요."

바른말 잘하는 민규가 한마디 한다.

아이들 마음이 모두 똑같다는 것을 알고 나니 내가 참 못난 교사구나 하는 생각이 들었다. 잘못을 뉘우치고 나서 먼저 미소한테 어제 화를 내서 미안하다고 했다. 그리고 다른 아이들한테도 공부 시간에 힘들게 해서 미안하다며 용서를 빌었다.

그 뒤 가끔씩 생각한다. 내 성격이 물같이 고요하고 차분해서 아이들을 잘 배려하는 성격이면 얼마나 좋을까? 그렇지만 쉽게 화를 잘 내는 성격을 하루아침에 고칠 수는 없다.

공부 시간에 아이들이 모르는 문제를 다시 설명해 달라고 하면 나는 숨을 크게 쉬고 나서 이 시를 생각한다. 그리고는 내가 지을 수 있는 가장 아름다운 웃음과 다소곳한 목소리로 다시 설명한다. 그러면서 생각한다.

'지금 나보다 더 답답하고 힘든 사람은 우리 아이들이야.'

말 좀 해 주세요

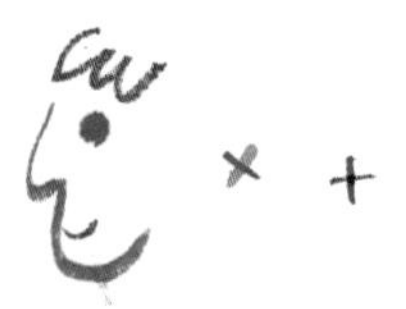

다연이가 전학을 가고 싶단다. 수업을 마치고 학교 방과후 코디인 다연이 엄마가 나를 찾아왔다. 다연이가 일주일 전부터 밤마다 울면서 전학을 보내 달라고 한단다. 옆 학교에 유치원 때 친하게 지낸 친구가 있다고 그 학교로 전학을 보내 달라고 밤마다 보챈단다. 어떻게 해야 할지 모르겠다며 눈물을 흘렸다.

교직 경력 15년 만에 처음 듣는 말이다. 내가 있는 학교로 전학 오고 싶다는 말은 많이 들었지만 학교생활이 힘들다고 전학을 보내 달라는 말은 처음 듣는다. 일단 다연이 어머님께 일주일만 시간을 달라고 말했다. 그리고는 다연이와 이야기를 나눴다. 다연이는 이미 마음을 정한 것 같았다. 왜 전학을 가고 싶은지 물어보니 옆 학교에 유치원 때 친하게 지낸 친구가 있어서 전학을 가고 싶단다. 우리 학교에는 자기와 마음 맞는 친구가 없단다.

특히 여자 친구들이 자기랑 놀아 주지 않는단다. 자기들끼리만 놀아서 학교 오고 싶은 생각이 없단다. 엄마가 전학 보내 준다고 했다며 더 이상 내 말을 들으려 하지 않았다. 무덤덤하게 말하는 다연이를 보고 있는데 화가 났다. 사실 다연이한테도 문제가 있다. 친구들끼리 놀 때 자기만 생각하고 행동하는 때가 많다. 그리고 속마음 이야기를 친구들한테 하지 않아 친구들이 다연이 마음을 잘 모르고 있었다.

더 이상 말을 나누는 것은 소용없다는 생각이 들었다. 어떻게 하면 다연이 마음을 돌릴 수 있을까 고민했다. 입학을 하고 모든 아이들이 학교생활을 재미있고 즐겁게 보내는 줄 알고 있었는데, 이런 시련이 닥칠 줄은 몰랐다. 1학기가 거의 끝나 가고 있는데 안타까웠다. 할 수 없다. 이럴 때는 정면 돌파를 하는 수밖에.

1학년 아이들이라 자기가 한 행동이나 말이 다른 친구의 마음을 얼마나 아프게 하는지 잘 알지 못한다. 자기중심으로 생각하고 행동하기 때문에 자기 잘못은 생각하지 못한다. 그래서 모두 다 같이 행복한 세상을 만들자고, 반 노래도 이원수 선생님 시 '햇볕'으로 정해서 하루에 한 번씩 꼭 불렀는데……. 내 마음을 몰라주는 아이들이 야속하게 느껴졌지만 아이들도 잘 모르고 한 일이라는 것을 알고 있기에 서로 마음을 나눈다면 다연이 문제도 쉽게 해결할 수 있다는 생각이 들었다.

목요일 시 쓰기 시간에 이 문제를 정면으로 부딪쳐 볼 생각으로 아이들한테 시 한 편을 보였다.

우유 당번 5학년 박연실

광복이가 나한테 화내면서
"우유 갖고 와!" 그랬다.
내가
"근데 왜 화내면서 말해!" 그랬다.
원래 내가 우유 당번이었는데
광복이가 나한테 화냈으니까
내가 우유를 안 갖고 왔다. (탁동철 엮음 《까만손》에서)

시공책에 쓰게 하고는 이야기를 나누었다. 내용이 어렵지 않고 읽으면 바로 이해할 수 있기 때문에 아이들과 이야기 나누기가 참 좋았다.

이 시를 고르기까지 많은 생각을 했다. 처음에는 다연이처럼 친구랑 잘 어울리지 못하는 아이가 나오는 시를 보여 주려고 했다. 그런데 아이들 대부분이 친구를 따돌리는 행동은 나쁜 행동이라는 것을 알고 있기 때문에 마음속 이야기를 편하게 하지 않을 것 같았다. 그래서 아이들 생활 속에서 언제라도 일어날 수 있는 이야기를 찾다가 이 시를 골랐다.

광복이 말을 들은 연실이 기분이 어땠을지 먼저 이야기 나누었다. 광복이가 말을 함부로 해서 연실이도 화가 났을 것 같다고 했다. 또 연실이가 많이 속상했을 것 같다고 했다.

광복이가 말을 함부로 해서 연실이도 화내면서 말했는데 연실이 말을 듣고 광복이는 어땠을지 다시 이야기 나누었다. 평소 남자 친구들과 자주 다투는 진솔이가 광복이가 먼저 말을 함부로 했기 때문에 연실이는 아무 잘못이 없다고 말했다. 진솔이 이야기를 듣고 있던 효진이는 연실이도 말을 함부로 했기 때문에 연실이도 잘못이 있다고 했다. 광복이가 말을 함부로 했지만 연실이가 광복이한테 좋게 말했다면 광복이가 미안해서 다음부터는 말을 좋게 했을 텐데 아쉽다고 영웅이도 말을 했다.

만약에 자기가 연실이라면 광복이한테 이런 말을 들었을 때 어떻게 할 것 같은지 이야기 나누었다. 대부분의 여자아이들은 연실이처럼 자기도 화를 낼 것 같다고 했다. 남자아이들은 광복이가 먼저 말을 함부로 했지만 자기들은 말을 좋게 할 수 있을 것 같다고 했다. 남자아이들 말에 여자 아이들이 거짓말이라며 "우- 우-" 하면서 남자아이들 말을 가로막았다. 자기들이 말을 좋게 했는데도 때리고 놀린다며 남자아이들이 거짓말하고 있다고 했다.

순식간에 남자아이들과 여자아이들 두 편으로 나뉘었다. 다연이 문제를 해결하려고 시 공부를 하는데 갑자기 남자와 여자로 편이 갈라졌다. 순간 다연이 생각이 나서 다연이를 바라보니 다연이도 여자 편에 끼어서 남자아이들한테 자기가 하고 싶은 말을 하고 있었다. 다행이다 싶어 다시 아이들을 진정시키고 시 이야기를 이어 나갔다.

광복이가 화를 낸 것 때문에 연실이가 우유를 가지고 오지 않아서 반 친구들이 우유를 먹지 못하게 되었는데 어떻게 생각하는지 물어보았다. 연실이가 아무리 화가 나도 우유 당번이기 때문에 연실이가 가져와야 한다는 아이들과 광복이가 연실이한테 말을 함부로 해서 연실이가 속상했기 때문에 광복이가 가져와야 된다는 아이들로 나뉘었다. 더 말을 이어 가다가는 또 싸움이 될 것 같아 그만두었다. 마지막으로 아이들한테 질문을 하나 던졌다. “연실이 반은 그날 우유를 먹었을까요? 아니면 먹지 못했을까요?”

아이들이 모둠끼리 이야기를 나누고 있었다. 이야기를 나누고 있는 아이들을 다시 바르게 앉히고는 진짜 하고 싶은 이야기를 했다.

‘우유 당번’ 시가 어땠는지 물어보았다. 부산에서 전학 온 혜민이가 참 좋다고 말했다. 자기가 전학 왔을 때 친구들이 자기한테 말도 함부로 하고 잘 놀아 주지 않아 힘들었다며 갑자기 울기 시작했다. 아이들이 울고 있는 혜민이한테 가서는 어깨를 도닥거리며 괜찮냐고 물어보았다. 지금은 친구들과 즐겁게 잘 지낸다며 눈물이 그렁 한 얼굴로 다시 웃었다.

다른 아이들도 친구들과 지내면서 있었던 이야기를 말했다. 대부분 말 때문에 일이 일어났다. 다연이는 여전히 아무 말도 하지 않았다. 다연이가 스스로 자기 이야기를 해 주기를 바랐는데 다연이는 얌전히 앉아만 있었다. 어쩔 수 없이 내가 먼저 다연이한테 말을 걸었다.

"다연 님! 요즘 학교생활 어때요? 친구들이 같이 놀아 주지 않아서 많이 힘들죠."

내 말이 끝나기가 무섭게 다연이가 울기 시작했다. 다연이가 왜 우는지 아이들은 어리둥절해했다.

울고 있는 다연이 옆에 다가가서 다연이가 왜 울고 있는지 말했다. 우리 반에서는 아무도 자기하고 안 놀아 줘서 유치원 때 친하게 지낸 친구가 있는 학교로 전학 가고 싶다는 이야기를 했을 때 여자아이들 몇몇이 같이 울었다. 울고 있는 다연이에게 하고 싶은 말을 해 달라고 부탁했다.

"여자아이들이 아무도 나하고는 안 놀아 줘요. 나도 같이 놀고 싶은데 아무도 같이 안 놀아 줘서 혼자 줄넘기하고 놀아요."

다연이 말이 끝나자 진솔이가 미안하다며 먼저 다연이한테 다가갔다. 자기는 다연이가 혼자 노는 것을 좋아한다고 생각했다고, 그래서 다연이를 위해서 그랬단다. 다른 여자아이들도 다연이가 혼자 노는 것을 좋아하는 줄 알았다며 이제는 같이 놀자고 손을 잡았다. 가만히 지켜보고 있는 내가 참 고마웠다.

이럴 때 내가 아이들한테 해 줄 수 있는 말이 딱 하나 있다.

"자, 그만 울고 이제 우리 시 쓰자."

전학 1학년 이다연

내가 전학을 가려고해서 마음이 아팠다.
잘 때 전학 가는 꿈을 꿨다.
친구들이 이제 재밌게 놀아준다.

이다연 1학년 김지윤

다연이하고 안 놀아 주니깐
다연이 얼굴이 슬퍼서
내가 슬픈 것 같다.

김효진 1학년 이동호

내가 효진이를 때리면
효진이도 나를 때린다.

근데 평소보다
살살 때린다.
효진이에 진짜 마음을
알겠다.

점심시간에 다연이 엄마가 찾아왔다. 이제 전학 안 가도 된다고 다연이가 말했다며 고마워했다. 고맙다는 인사받기가 참 쑥스러웠다. 내가 다연이 마음을 일찍 읽었더라면 다연이가 힘들게 학교생활을 하지 않아도 됐는데 하는 생각에 도리어 내가 미안했다.

이제 다연이는 행복한 얼굴로 학교생활을 한다. 쉬는 종이 치면 여자아이들은 다연이한테 같이 놀자며 손을 잡고 나간다.

다연이 아닌 또 다른 누군가가 친구 문제로 힘들어할 때가 있을 것이다. 그럴 때 하고 싶은 말을 친구들에게, 아니면 나한테 먼저 말해 주면 얼마나 좋을까? '우유 당번'이라는 시 덕분에 다연이 마음을 열 수 있어 참 다행이라는 생각이 든다.

글을 쓰고 있는 지금도 그때를 생각하면 가슴이 벅차다. 못난 담임을 믿고 마음을 열어 준 아이들한테 고맙다. 자기의 아픈 상처를 당당하게 말해 준 혜민이가 없었다면 이야기를 제대로 풀어낼 수 있었을까 싶다. 혜민이 덕분에 가장 힘든 부분을 물 흘러가듯이 쉽게 풀어 갈 수 있었다. 만약 혜민이가 그렇게 말해 주지 않았다면 내가 어떻게 했을지 생각해 본다. 아무리 생각해도 적

당한 말이 떠오르지 않는다.

"혹시 '우유 당번' 시처럼 말 때문에 친구랑 다툰 사람 있나요?"

"친구가 자기에게 말을 함부로 하면 어때요?"

아무리 생각해도 다연이 마음을 열 수 있는 특별한 뭔가가 생각나지 않는다. 아무리 생각을 많이 하고 철저하게 준비해도 공부를 하다 보면 도저히 답이 보이지 않을 때가 있다. 특히 아이들 마음을 읽어야 할 때는 더 그렇다. 그럴 때면 아이들 눈치를 살핀다. 아이들한테 제발 좀 도와 달라는 눈빛을 보낸다. 그러면 아이들이 나에게 답을 준다.

친구들이랑 즐겁게 뛰어노는 다연이를 볼 때마다 다연이가 울먹이면서 한 말이 자꾸 생각났다. 그래서 다연이한테 네가 한 말을 쓰고 그림으로 나타내면 어떨지 물어보았다.

"그러면 제가 한 것도 교실 뒤 우리 반 시에 붙여 줄 거예요?"

다연이가 진짜 행복해하며 웃는데 나는 왜 자꾸 눈물이 나려고 하는지 모르겠다.

새끼 귀뚜라미한테
바치는 시

아이가 쓴 시를 읽다 보면 시를 쓴 아이가 바로 눈앞에 있는 것처럼 뚜렷하게 다가올 때가 있다. 자기 이야기를 있는 그대로 솔직하게 썼을 뿐인데도 시를 읽으면 아이가 하는 행동이나 말에 푹 빠져 시가 아닌 아이가 생활하는 현실 세계로 빠져든다. 무엇보다 아이 한 명을 새롭게 알게 된다는 기쁨이 크다. 이런 어린이 시를 만나면 나는 아이한테 자꾸 말을 걸게 된다.

인준이가 4학년 일 때 내가 담임을 맡았다.

새끼 귀뚜라미

오늘 학교 오다가
새끼 귀뚜라미를 밟았다.
그냥 모른 채하고 학교로 왔다.
시공부 하는데
하필 귀뚜라미 시를 한다.
오늘 아침 일이 부끄럽다. (2004. 9. 18)
(최종득 엮음《붕어빵과 엄마》에서)

이 시를 읽을 때마다 인준이가 생각난다. 10년이 훨씬 지났는데도 인준이가 시를 쓴 그날을 기억하고 있다.

그날 나는 아침에 학교에 가자마자 칠판에 윤동주 시 '귀뚜라미와 나와'를 썼다.

귀뚜라미와 나와

귀뚜라미와 나와
잔디밭에서 이야기했다.

귀뚤귀뚤

귀뚤귀뚤

아무에게도 알으켜 주지 말고
우리 둘만 알자고 약속했다.

귀뚤귀뚤
귀뚤귀뚤

귀뚜라미와 나는
달 밝은 밤에 이야기했다. (《별을 사랑하는 아이들아》에서)

아이들도 시공책에 시를 따라 썼다. 간단하게 시를 읽은 느낌을 자유롭게 말하고 나서 시를 좀 더 깊이 감상해 보았다. 시 속에 나오는 나와 귀뚜라미는 어떤 이야기를 했을까? 어떤 이야기인데 둘만 알자고 약속했을까? 귀뚜라미처럼 나하고 마음이 잘 통하는 사람이나 동물이 있으면 어떤 이야기를 하고 싶은가? 이런 이야기를 나누었다. 그리고 비슷한 경험이 있으면 이야기해 보자고 했다.

아이들은 귀뚜라미 말고도 방아깨비, 개미, 지렁이하고도 마음이 통했다고 이야기를 쏟아 냈다. 그날따라 인준이는 아무 말이 없었다. 평소에는 수업 시간에 웃긴 이야기도 잘하고 까불까불하는데 그날은 고개를 푹 숙이고만 있었다.

아이들과 곤충에 얽힌 이야기를 더 나누고 나서 그 경험을 시로 써 보자고 했다. 고개만 숙이고 있던 인준이는 아예 책상에 엎드려 있었다. 인준이에게 다가가서 시를 다 썼는지 물어보는데, 대뜸 화를 냈다. 다른 때 같으면 나도 화를 냈겠지만 인준이 기분이 좋지 않은 것 같아서 참았다.

혹시 시를 안 썼으면 엎드려만 있지 말고 시를 쓰라고 했더니 다 썼다고 했다. 시를 보여 달라고 했더니 짜증을 내면서 공책을 책상 모서리로 내밀었다. 인준이가 쓴 시를 보고 난 그만 웃고 말았다. 시를 보니까 인준이가 나한테 화를 낸 까닭을 알 수 있었다. 내가 웃는 것을 보더니 인준이는 시공책을 빼앗듯 가져갔다.

화가 난 인준이한테 오늘 아침 윤동주 시를 따라 쓰라고 한 건 미안하다고 했다. 가을이라 귀뚜라미 생각이 나서 '귀뚜라미와 나와' 시를 쓴 거라며 오늘 아침 인준이한테 일어난 일은 정말 몰랐다고 했다. 인준이는 나한테 화가 난 것이 아니라 귀뚜라미를 죽인 자기한테 화가 났다고 했다. 풀이 죽어 있는 인준이한테 귓속말로 조용히 이야기했다.

"인준아, 그래도 니가 밟은 귀뚜라미는 죽어도 조금은 행복할끼다. 니가 귀뚜라미한테 잘못한 일을 부끄럽다고 시까지 썼으니 말이야. 이 세상에 자기 시가 있는 귀뚜라미는 이 귀뚜라미밖에 없을 거다. 그리고 너도 사실 죽이려고 밟은 건 아니니까 너무 죄

책감 느끼지 마라."

그러면서 난 인준이가 쓴 시 밑에다가 이렇게 썼다.

아무 이유 없이 죽은 귀뚜라미에게 바치는 시

인준이는 그제야 마음이 놓이는지 씨익 웃었다. 지금도 인준이가 웃던 모습이 눈에 선하다. 그리고 그다음 날, 인준이는 활짝 웃는 얼굴로 나한테 자랑을 했다.

"선생님, 내가 쓴 시를 귀뚜라미한테 읽어 줬어요."

시에 이렇게 이야기가 담겨 있으면 별 볼 일 없는 시도 특별해진다. 사실 인준이가 쓴 시는 특별하거나 어린이시로 엄청 좋은 시라고 할 수는 없다. 그렇지만 어린이시 쓰기의 좋은 본보기를 보여 주는 시라고는 할 수 있다. 어린이는 시를 쓸 때 생활하면서 느낀 마음의 움직임을 자기 말로 쓰기 때문이다.

아침에 귀뚜라미를 밟은 일은 인준이 마음속에 내내 남았을 것이다. 죄책감보다는 왠지 모를 찝찝함이 인준이를 괴롭혔을 것이다. 새끼 귀뚜라미를 밟아 죽이고도 아무 일 없듯이 지나가는 아이는 없을 것이다. 물론 겉으로 티를 내지는 않겠지만 어린이라면, 아니 사람이라면 자기가 한 일에서 자유로울 수는 없을 것이다. 그런 인준이 마음이 시를 쓰게 했다.

몇 년 전에 인준이가 군대 간다고 나를 찾아왔다. 인준이를 보자마자 나도 모르게 이 말이 튀어나왔다.

"어! 귀뚜라미."

인준이가 아직도 그 시를 기억하고 있느냐며 웃었다.

나는 인준이한테 이렇게 말했다.

"니가 생각나거나 보고 싶어지면 새끼 귀뚜라미를 떠올리곤 해."

만약 이 시가 없었다면, 인준이가 이 시를 쓰지 않았다면 나는 인준이를 어떻게 기억할까? 그리고 인준이는 날 어떻게 기억할까? 나는 인준이가 쓴 '새끼 귀뚜라미'가 우리 둘을 이어 주고 있다고 믿고 있다.

이 시가 불편하다

수요일 아침, 시 쓰는 시간.

호원이가 시 한 편을 써서 가지고 왔다.

개 같은 시

쌤이 또 시 쓴단다.

그 놈의 시

수요일마다 하는 시

에이 씨바

쌤, 시가 중요해요

우리가 중요해요

씨바 에라이 다 때려치워. (씨바)

작가라고 시만 쓰면 안 되는데. (2014. 6. 11)

내가 시를 읽는 동안 호원이는 너무나 당당하게 내 옆에 서 있다. 무슨 말을 해 주기를 바라는 것처럼 나를 빤히 바라본다. 호원이 눈을 피해 다시 한번 시를 읽었다. 나도 모르게 등줄기에 땀이 나고 얼굴이 화끈거린다.

'어떻게 해야 하지? 화를 내야 하나? 아니지, 그래도 날 믿고 자기 속마음을 시로 썼는데 화를 내면 안 되지! 그래도 그렇지, 내가 지 선생인데, 에이 씨바 다 때려치워가 뭐야!'

내 눈치를 살피던 호원이가 한마디 했다.

"쌤, 시 어때요?"

아무렇지도 않은 척하며

"진짜 하고 싶은 말을 솔직하게 잘 썼네. 그런데 7행의 마지막 부분에 있는 '씨바'는 빼도 될 것 같은데. 니가 시를 쓰면서 '에이 씨바', '씨바 에라이 다 때려치워' 이러면서 불만이 많이 풀린 것 같은데. 그래서 이 '씨바'는 없어도 될 것 같네. 호원이는 어떻게 생각하노?"

호원이는 내 말이 맞다며 "씨바"를 지우개로 빡빡 지웠다.

그런 호원이를 보면서 평소에 나한테 투덜대고 짜증 내는 모습이 떠올랐다. 혹시 호원이는 시 쓰는 게 싫은 게 아니라 다른 말이 하고 싶은 것은 아닌가 하는 생각이 들었다. 시 쓰는 게 싫으면 쓰기 싫은 까닭을 써야 하는데 호원이 시에는 그런 까닭이 자세히 나타나 있지 않다.

쓰기 싫은 시

학교에서 우리 반만 목요일마다 시를 쓴다.
선생님이 자꾸 나를 시 쓰라고 잡는 것 같다.
나는 솔직히 시가 싫다.
기분이 좋을 때는 잘 쓰는데
기분이 안 좋을 때는 안 쓰고 싶다.
시 사라져 버려. (2013. 4. 25)
(최종득 엮음 〈노래하는 섬 아이들 열한 번째〉에서)

기찬이도 호원이처럼 일주일에 한 번은 꼭 시를 썼다. 기찬이는 시 쓰기 싫은 까닭을 자세하게 드러냈다.

첫째, 자기 반만 목요일마다 시를 쓴다는 것이다. 다른 학년이나 다른 반은 목요일에 다른 활동을 하는데 자기 반만 싫어하는 시를 쓴다는 것이다.

둘째, 선생님이 자꾸 시를 쓰라고 강요한다는 것이다. 재미있는 활동도 누군가가 강요하면 하기 싫은데 하물며 쓰기 싫은 시를 쓰라고 강요하니 얼마나 싫겠는가!

셋째, 기분에 따라서 시를 쓰기 싫을 때가 있다는 것이다. 기분이 좋을 때는 잘 써지지만 기분이 안 좋을 때는 안 써지기 때문에 쓰기 싫다는 것이다. 시라는 게 쓰고 싶다고 바로바로 써지는 것이 아니라고 말하고 있다. 그래서 기찬이는 시 쓰기가 싫어서 시가 사라졌으면 하고 당당하게 말한다.

호원이가 시를 통해 분명히 하고 싶은 말이 있을 거라는 생각으로 다시 읽어 보니 호원이 마음이 보였다. 호원이는 내가 싫어서 시를 쓴 것이다. 그래서 제목부터 내 마음을 확 뒤집어 놓는다.

'개 같은 시'

모르긴 해도 호원이는 '시' 대신 '선생님'을 생각하고 썼는지도 모른다.

호원이한테 친구들과 같이 시를 나눠도 되는지 물었다. 기다렸다는 듯이 호원이는 말했다.

"그러라고 쓴 시예요."

자기 할 일은 다했다는 듯 웃으면서 자기 자리로 돌아갔다. 시를 쓰고 있는 아이들한테 시 한 편 같이 읽자고 했다. 텔레비전 화면에 "이 시가 불편하다"를 쓰고 나서 호원이 시를 띄웠다.

아이들은 시를 보자마자 박수를 치면서 웃는다. 어떤 아이는 호원이한테 엄지손가락을 치켜세웠다. 모두들 행복해 보였다. 나만 빼고.

조금 섭섭한 얼굴로 아이들한테 이야기했다.

"호원이처럼 나한테 불만 있는 친구들 있죠? 솔직히 나도 여러분한테 불만 있어요. 호원이가 쓴 시처럼 오늘은 서로에게 말하지 못했던 불만을 이야기해 봅시다."

아이들은 좋다며 빨리 하자고 했다.

칠판을 반으로 나누고 한 쪽은 아이들이 나한테 가지는 불만을 쓰고, 나머지 한 쪽은 내가 아이들한테 불만스러운 것을 썼다.

〈쫀드기 쌤한테 불만〉

1. 너무 진지하다.
2. 자꾸 친한 척한다.
3. 체육 시간에 교과서대로만 하거나 다른 행사를 한다.
4. 남자와 여자를 차별한다.
5. 모두가 쌤을 좋아해야 한다는 착각 속에 산다.
6. 자기만 책 좋아하면 됐지 우리한테도 자꾸 책 읽으라고 한다.
7. 인생을 너무 어렵게 살려고 한다.

……

〈아이들한테 불만〉

1. 내가 친한 척하면 자꾸 무시해서 마음이 아프다.

2. 남자아이들 장난이 심하다.

3. 책보다는 게임을 많이 한다.

4. 무엇을 하려고 하면 싫은 표정부터 짓는다.

5. 내가 얼마나 아이들을 사랑하는데, 내 마음을 몰라준다.

……

한 시간 동안 칠판에 쓴 글을 보면서 이야기를 나누었다. 아이들 불만 가운데서 내가 할 수 있는 것은 지우고, 내 불만 가운데서 아이들이 할 수 있는 것을 지웠다. 그러니 한두 가지 정도만 남았다.

솔직히 난 15년 넘게 바닷가 작은 학교에만 있었다. 바닷가 아이들은 한 달 정도면 마음을 열어 준다. 그래서 아이들과 빨리 친해지고 쉽게 서로의 마음을 나눌 수 있었다. 그런데 도시 아이들은 달랐다. 교사가 되고 처음으로 도시에 있는 큰 학교에 왔는데 아이들은 좀처럼 마음을 열어 주지 않았다. 친구처럼 편하게 다가가려고 하면 나를 이상한 눈으로 바라보고, 어떤 때는 귀찮다며 짜증까지 냈다. 내가 아무리 친하게 지내려고 노력해도 아이들은 나를 받아 주지 않았다. 그래서 하루하루 마음의 상처를 받고 있었다.

이런 내 마음을 아이들한테 솔직하게 말했다. 아이들은 가만히 듣고 있더니 미안하다고 했다. 나 같은 선생은 처음이라서 자기들도 어떻게 해야 할지 몰랐단다. 그래서 무시하거나 짜증을 냈단다. 나도 아이들이 부담스럽지 않게, 자연스럽게 다가가겠다고 했다.

처음에는 호원이가 쓴 시 때문에 상처받았는데 호원이가 쓴 시 덕분에 아이들과 마음을 나눌 수 있어 좋았다. 그렇지만 여전히 호원이가 쓴 '개 같은 시'를 볼 때마다 마음이 불편한 건 어쩔 수 없다.

나는 농촌에 삽니다

한 주일 가운데 아이들이 가장 좋아하고 기다리는 시간은 수요일 아침 시간이다. 이날 우리는 아침 8시 30분부터 첫째 시간 시작하기 전까지 40분 넘게 학교를 벗어나 서로 어울려 걸으면서 자연 속에 묻힌다.

산에 올라가서 나무도 껴안아 보고, 나무가 만들어 주는 그늘에 앉아 새소리도 듣는다. 또 냇가에 가서 햇빛에 반짝이며 흐르는 냇물도 보고, 물고기도 잡곤 한다. 들판에 나가면 언제나 풀꽃이 피어 있어 풀꽃도 관찰해 보고, 원래 풀이름이 아닌 다른 이름도 지어서 불러 본다.

한 주에 한 번 나가는 학교 밖 자연 속에서 아이들은 눈으로, 몸으로, 쉬지 않고 끊임없이 변하고 있는 자연을 느낀다. 자연 속에서 서로 장난치며 좋아하는 아이들 모습은 교실에 있을 때보다 훨씬 더 활기차고 힘 있어 보인다.

이번 주는 아이들과 같이 논에 가기로 했다. 가을이 되면서 학교 주변이 온통 노랗게 바뀌었다. 노랗게 바뀐 논두렁을 걸어 다니면서 손으로 나락 알갱이를 만져 보기도 하고, 논두렁에 눈을 감고 앉아 가만히 바람에 벼 이삭 부딪치는 소리도 들어 보았다. 아이들이 노랗게 바뀐 벼를 보고 어떻게 느낄지 궁금해 한곳에 모여 앉아 이야기를 나누었다.

"얘들아! 노랗게 익은 벼를 보면 어떤 생각이 들어?"

"예뻐요."

"예쁘다는 생각만 드나? 다른 생각은 안 들고? 힘들겠다는 생각은 안 들어?"

"왜 힘들다는 생각이 들어요?"

"벼 베고, 벼 타작하고 하려면 많이 바쁘고 힘들지 않아?"

"저는 집에서 일 안 해요. 아버지가 학교하고 학원이나 잘 다니라고 해요."

"그래도 모두 바쁜 농사철인데 부모님 일손도 도우며 논에서 일해야지."

"아직 한 번도 논에서 일한 적 없어요. 저는 논에도 잘 안 가요."

아이들 대부분이 논에서 일한 적이 없다고 했다. '너무 어려 논에서 일하기 힘들겠지' 하고 좋은 쪽으로 생각해 보았지만 그래도 마음 한구석이 싸해진다. 농촌에 살고 있다는 것 말고는 도시 아이들과 다를 게 없다는 생각이 들었다. 학교 마치면 학원 갔다가 부모님 눈치 보며 학교 숙제하고 잠을 잔다. 주말에는 컴퓨터나 텔레비전을 보면서 시간을 보낸다.

아버지가 논에서 비지땀 흘려 가며 일을 하든 말든, 자기는 공부만 하면 된다는 생각이다. 부모님들도 힘든 농사일을 아이들에게 하라고 하지 않는다. 자식들은 농사짓는 것보다 도시에서 살기를 원한다. 힘든 논일이나 밭일은 오로지 부모님 차지다.

도시 아이들과 마찬가지로 그냥 바라만 보는 논이 아이들에게 무슨 의미가 있을까 하는 생각에 마음이 씁쓸했다. 부모님이 하는 일에 별 관심도 없고, 논에도 잘 가지 않는다는 아이들 말에 이래서는 안 되겠다 싶어 서둘러 교실로 들어왔다.

농촌에 사는 우리 아이들이 부모님의 삶이나 농촌에 대해 관심을 가지면 좋겠다 싶어 서정홍 선생님이 쓴 《우리 집 밥상》을 보여 주었다. 《우리 집 밥상》에는 농촌 사람들이 일하는 이야기가 그림을 그리듯이 선명하게 나타나 있어 농촌 사람들의 삶을 이야기 나누기에 참 좋다. '가을걷이'를 칠판에 썼다. 2학년도 읽을 수 있을 만큼 쉬운 말인 데다, 일기처럼 줄글로 편하게 써서 아이들이 쉽게 이해할 수 있을 것 같았다.

> 가을걷이 때가 되면 영순이네 염소도, 광석이네 송아지도, 송이골 할머니네 진돗개도, 살이 빠져 홀쭉하다. 어머니 아버지도, 마을 사람들도 살이 빠져 홀쭉하다. 마을 사람들 길에서 만나면 "무신 일을 그리 많이 허나? 쉬어 가면서 혀." 하시고, 날도 새기 전에 물 한 사발 마시고 들에 나갔다가 배고프면 집에 와서 밥 한 그릇 먹고, 또 들에 나갔다가 배고프면 집에 와서 밥 한 그릇 먹고. 해가 지고 앞이 보일락말락할 때면 할미꽃처럼 허리가 꼬부라져 돌아오신다.

칠판에 쓴 시를 시공책에 옮겨 적고 큰 소리로 시를 읽었다. 가을걷이 때가 되면 집에서 기르는 동물들과 사람들이 왜 살이 빠지는지 이야기 나누었다. 일이 너무 바빠서 밥도 제대로 못 챙겨 먹고, 집에서 기르는 동물들도 제대로 챙길 시간이 없어서 살이 빠진다고 했다. 또 농촌 사람들은 도대체 무슨 일을 하기에 바쁜지 이야기를 나누었다. 아이들이 서로 얼굴만 보고 있기에 자기 부모님이 지금 무슨 일을 하는지 생각해 보라고 했더니 아이들이 말하기 시작했다. 그리고 부모님이 논이나 밭에서 일하고 돌아오실 때 어떤 모습이었는지, 그 모습을 보고 어떤 느낌이 들었는지 이야기 나누었다.

농촌에 살면서도 논일이나 밭일에는 전혀 관심이 없던 아이들이 조금씩 논에서 있었던 일이나 밭에서 있었던 일을 말하기 시작했다.

아버지 따라 모심기하다 발이 논흙에 빠져 넘어진 일, 논두렁에서 아버지, 엄마 일하는 모습을 바라본 일, 아버지 따라 논에 갔다가 해 다 지고 깜깜해서야 집에 돌아온 일…… 어렴풋이 기억나는 것들을 이야기했다.

아이들이 조금씩 관심을 보여서 더 이야기를 나누고 싶어 같은 동시집에 실린 '아버지 소원'을 복사해서 나눠 주었다.

감자밭에 감자 심고
고구마밭에 고구마 심고
고추밭에 고추 심는
아버지는 농부입니다.

"나 죽고 나면
저 논밭들 우야모 좋노.
우야모 좋노."

막걸리 한잔 드시고

오는 날이면
농사 걱정뿐입니다.

자식들 가운데 한 놈이라도
농사를 지어야
편히 눈 감을 수 있다는 아버지는,
내가 자라서 농부가 되는 것이 소원입니다.

아버지 소원 이루어질까
나도 걱정이 됩니다.

처음 시보다는 훨씬 더 진지하게 시를 읽었다. "아버지는 농부입니다" 부분을 읽을 때는 목소리가 더 커졌다. 대부분이 농사를 짓고 있으니 우리 아이들 아버지 모두는 이 시처럼 농부이다.

아이들한테 자기 아버지가 술 많이 드시면 무슨 말을 하는지 말해 보라고 했다.

민욱이가 손을 번쩍 들었다.

"우리 아버지는요, 공부 열심히 해라 하던대요. 공부 못하면 뼈 빠지게 농사나 지어야 된다고요."

다른 아이들도 민욱이가 한 말을 함께 느끼는 눈치였다. 그래서 정말 공부 못하면 농부가 되어야 하는지, 공부 잘하는 사람은 농부가 되면 안 되는지 아이들과 이야기를 나누었다.

다음으로 이 아이가 왜 아버지 소원이 이루어질까 봐 걱정이 된다고 했는지 말해 보자고 했다. 아이들 대부분이 농사일이 힘드니깐 힘든 농사일을 하는 농부가 되기 싫기 때문이라고 대답했다. 농부가 꿈인 사람이 있는지 궁금해 물어보았지만 우리 아이들도 농부는 싫다고 했다. 당연히 농사일이 힘들고 돈도 많이 못 번다고 말했다.

물론 농사일이 힘든 것은 사실이지만 누군가는 농촌을 지키며 농사를 지어야 한다. 그 누군가가 우리 아이들이었으면 좋겠지만 나 또한 농사를 짓고 있지 않기 때문에 당당하게 말할 수 없었다.

이 동시집에 실린 '아버지는 농부십니다'와 '고구마 캐던 날', '편지'를 읽어 주고 나서 우리도 직접 농사를 지어 보자고 말했다. 뜻밖에 아이들이 좋아해서 학교 텃밭에 무와 시금치를 기르기로 했다.

주사님이 학교 텃밭을 미리 일구어 놓아서 우리는 무 씨앗과 시금치 씨앗을 밭고랑에 심었다. 무 씨앗은 손가락으로 구멍을 파고 세 알씩 넣고, 시금치 씨앗은 밭고랑에 호미로 줄을 그어 씨앗을 뿌렸다. 씨앗을 서로 먼저 달라고 하는 바람에 학교 텃밭은 엉망이 되었지만 다 심고 물을 주면서 아이들은 참 뿌듯해했다. 다 같이 잘 가꾸어 보자고 약속했다. 자주 들려 물도 주고, 하루에 한 번 이상은 꼭 들려 무와 시금치한테 인사도 하자고 했다. 그리고 교실로 돌아와서 텃밭에서 한 일을 간단히 시로 써 보았다.

무 씨앗 심은 날

무 씨앗을 심었다.
밭에 손으로 구멍을 뚫으니
쑥 파인다.
저번에 비가 와서 축축해
쑥 파이는 것 같다.
쑥 파인 곳에
무 씨앗을 넣었다.
무 씨앗이 흙을 뚫고 나올 수 있을까?
못 뚫고 나올 것 같아 흙을 조금만 덮었다.

광일이처럼 흙을 뚫고 못 나올까 봐 씨앗에 흙을 조금만 덮었다는 따뜻한 마음이 농부 마음이 아닐까 생각해 보았다. 우리 아이들이 다음에 농부가 되든 안 되든 그것은 중요하지 않다. 그렇지만 어린 시절 농촌에서 살았다는 것만큼은 어른이 되어서도 자랑스럽게 여기면 좋겠다. 그리고 농부인 아버지가 이 세상에서 가장 훌륭하고 자랑스러운 분이라는 것도 느끼면 좋겠다.

텃밭에 심은 무와 시금치가 건강하게 자라면 다 같이 무 한 뿌리씩 캐어 우걱우걱 씹어 먹으면서 “나는 농촌에 삽니다” 하고 큰 소리로 외치고 싶다.

자연과 시

"얘들아, 오늘 아침 학교 뒤 논둑에 가서 보니 말냉이, 광대나물, 개불알풀이 예쁜 꽃을 피웠더라. 우리 풀꽃 보러 가지 않을래?"

말이 끝나기가 무섭게 아이들이 학교 뒤 논둑으로 달려간다. 뒤따라가 보니 아이들이 풀꽃을 앞에 두고 고개를 갸우뚱거리고 있다. 무슨 일인가 싶어 가까이 있는 현빈이한테 물어보니 풀꽃 이름을 모르겠다는 것이다. 우리 반 여덟 명을 모두 불러 모아 말냉이, 광대나물, 개불알풀을 가르쳐 주었다. 그제야 풀꽃이 예쁘다며 좋아하는 풀꽃 앞에 쪼그려 앉아 자세히 본다.

우리 학교 앞에는 작은 개울과 논이 있고, 뒤에는 자그마한 산이 있다. 논둑에는 이름 모를 풀꽃들이 봄을 알리고, 뒷산에는 진달래가 수줍게 피어 있다. 이렇게 좋은 자연환경 속에 살면서도 아이들은 자연에 전혀 관심이 없다. 도시에 사는 아이들처럼 학교와 학원에 시간을 빼앗기고 남는 시간은 컴퓨터 앞에 앉아 시간을 보낸다.

작고 아름다운 것을 보고 예쁘다고 자연스럽게 말할 수 있는 모습이 아이들의 참모습이라는 생각에 우리 아이들이 자연에 관심을 갖고 사랑할 수 있는 방법이 없을까 고민했다. 그래서 아침 시간을 이용해 논둑을 걸어 다녀도 보고, 학교 앞 개울가에서 물 흘러가는 소리도 들어 보고, 묵정논에 누워 맑은 봄 하늘도 바라보았다. 집에 갈 때는 나무와 이야기하고 길가에 있는 돌멩이하고도 이야기해 보게 했다.

시간이 지날수록 아이들이 자연에 조금씩 관심을 가지기 시작했다. 학교 꽃밭에 수선화가 노랗게 피었다고 호들갑을 떨면서 나에게 알려 주는 아이도 있고, 어제 집에 가다 개불알풀이 하도 예뻐서 머리에 꽂고 갔다면서 자랑을 하기도 했다. 그렇지만 그것도 잠시, 곧 시들해지기 시작했다.

"현빈아! 이제는 풀꽃들이 예쁘게 안 느껴지나?"

"예, 선생님. 어제도 보고 오늘도 보니까 이제 싫증 나요."

그 말을 듣는 순간 화들짝 정신이 들었다. 아이들 스스로 자연을 느낄 수 있도록 하기보다는 내 욕심대로 자연을 가르치려고만 한 것 같다는 생각이 들었다. 자연은 가르쳐서 느낄 수 있는 것이 아니라는 사실을 누구보다 잘 알고 있으면서 말이다.

그 뒤부터는 아이들이 자기 나름대로 자연을 바라보고 느낄 수 있도록 분위기만 만들려고 했다. 자연 속에 살면서 자연의 아름다움을 느끼지 못하는 우리 아이들에게 무엇보다 중요한 것은 마음 열기라는 생각이 들었다. 아무리 아름다운 꽃이 있어도 마음을 열고 바라봐 주지 않으면 그 꽃은 더 이상 아름다운 꽃이 아니기 때문이다.

그래서 시작한 것이 시 읽기 공부다. 자신과 비슷한 또래 아이들이 쓴 시를 읽고 이야기 나누면서 자연을 보는 눈을 넓히고 싶었다. 아침 활동 시간과 국어 시간에 아이들과 같이 탁동철 선생이 엮은 《까만 손》과 이호철 선생이 엮은 《요놈의 감홍시》를 읽었다.

우리 반 여덟 명을 두 모둠으로 나누고, 한 모둠에는 《까만 손》을, 또 다른 모둠에는 《요놈의 감홍시》를 주었다. 《까만 손》은 봄을 중심으로 읽게 했으며, 《요놈의 감홍시》는 1부 '풀들이 춤을 춘다'와 2부 '산은 기분 좋다고 우와우와'를 중심으로 읽게 했다. 서로 모여서 시를 읽고 자기가 경험한 것과 비슷한 내용의 시가 나오면 그때 일을 생각하면서 친구와 이야기 나누도록 하였다.

간간히 사투리를 잘 몰라 묻는 것 빼고는 시를 번갈아 가며 재미있게 읽고 이야기를 나누었다. 초등학교 2학년이 시를 읽고 자신의 생각이나 느낌을 말한다는 것은 결코 쉬운 일이 아니다. 그렇지만 자신이 경험한 것은 쉽게 이야기한다.

아이들이 재미있게 시를 읽는 모습을 보면서 괜한 욕심이 생겼다. 그래서 자신이 좋아하는 시를 골라 낭송해 보자고 했다.

"그럼, 누가 먼저 해 볼까요?"

민규가 두 손을 번쩍 들고 할 말이 있는 듯한 눈빛으로 날 쳐다본다.

"그럼, 민규부터 해 볼까요?"

"그런데 선생님, 제가 읽을 시가 '민들레'인데요, 밖에 나가서 민들레 바라보면서 읽으면 안 돼요?"

다른 아이들 의견을 물어보기도 전에 아이들이 손뼉을 친다.

"그럼, 오늘 시 낭송은 자신이 읽고 싶은 곳에서 읽도록 합시다."

내 말이 채 끝나기도 전에 아이들이 시공책을 챙겨서 나가고 있었다.

민규는 논둑에 핀 민들레 옆에 쪼그리고 앉아 '민들레'를 읽었다. 민규와 쌍둥이인 민욱이는 개울에 핀 버들강아지 옆에서 버들강아지를 만지면서 '버들강아지'를 읽었다. 민욱이가 시를 읽고 나니 아이들이 버들강아지를 만지면서 시 내용처럼 정말 보들보들하다면서 좋아했다.

현빈이는 벚나무 아래에서 '벚꽃'을 읽었다. 시 내용처럼 벚꽃이 휘날리지는 않았지만 조만간 벚꽃이 눈처럼 휘날릴 것을 기대하며 읽었다. 하영이는 묵정논 한가운데 서서 학교 뒷산을 바라보며 '산'을 읽었고, 소희는 논둑에서 '논두렁길'을 읽었다. 광일이는 학교 꽃밭에 핀 수선화 옆에서 '학교 가는 길'을 읽었고, 동익이는 하얗게 핀 냉이꽃 옆에서 '개구리 소리'를 읽었다.

시 한 편 읽고 자리 옮기고, 또 시 한 편 읽고 자리를 옮기는 귀찮은 일을 아이들은 놀이처럼 즐거워했다. 자신이 무슨 대단한 시인이 된 것처럼 자연 속에서 시를 읽고 그 시를 듣고 손뼉을 치는 아이들을 보면서 나도 덩달아 손뼉을 크게 쳤다. 자연 속에서 시를 읽는 아이의 모습은 한 송이 풀꽃같이 아름다웠다. 친구가 읽는 시를 들으려고 귀 기울이는 아이들도 한 무더기의 풀꽃 같았다.

시를 다 읽고 교실로 돌아오는 길에 민규가 내 손을 살짝 잡으며 말한다.

"선생님, 도시에 사는 사람들은 참 불쌍해요."

"왜 그렇게 생각하냐?"

"우리처럼 자연 속에서 살지 못하잖아요. 저는요, 어른이 돼도 여기에서 살 거예요."

민규 말을 듣고 있으니 괜스레 가슴 한구석이 따뜻해진다. 다른 아이들도 불러 모아 큰 소리로 물어보았다.

"얘들아, 도시가 좋아? 농촌이 좋아?"

"농촌이 훨씬 더 좋아요."

참말인지 거짓말인지 알 수는 없지만 오늘만큼은 정말 아이들이 농촌을 훨씬 더 좋아하는 것 같다. 한두 번 시를 읽었다고 해서 아이들이 자연을 생각하는 마음이 바로 바뀌지는 않을 것이다. 그러나 틈나는 대로 아이들과 좋은 시를 읽고 이야기 나누다 보면 스스로 시가 무엇인지 느낄 것이다. 그리고 자연 속에서 사는 삶이 얼마나 행복한지 느낄 수 있을 것이다.

자연과 시.

애써 가르치려고 하지 말고 아이들이 스스로 느낄 수 있도록 천천히 다가가야겠다. 국어 시간에 교실에서 시를 읽다가 더 좋은 자연 속 교실을 찾아 떠난 시 여행은 자연과 시가 하나라는 것을 깨닫게 해 주었다.

장수풍뎅이도 행복해야지

동익이가 학교에 오다가 장수풍뎅이를 주워 왔다. 아이들은 쉬는 시간이 되어도 밖에 나가서 뛰어놀지도 않고 옹기종기 모여 앉아 장수풍뎅이만 보고 있다. 민규와 민욱이는 장수풍뎅이가 배고플까 봐 나뭇가지를 주워 오고, 동익이는 학교 쓰레기통을 뒤져 페트병을 잘라 장수풍뎅이 집을 만들어 주었다. 장수풍뎅이를 바라보는 아이들 모습이 예뻐서 나도 아이들과 같이 장수풍뎅이를 바라보며 함께 즐거워했다.

다음 날 아이들이 모두 곤충을 한 마리씩 가지고 왔다. 민규와 민욱이는 톱사슴벌레를, 광일이와 미소, 현빈이는 동익이와 똑같이 장수풍뎅이를, 하영이와 소희는 알락하늘소를.

학교 둘레 나무들을 자세히 보면 곤충이 많다며 서로 자기가 가지고 온 곤충이 멋있다고 자랑했다. 갑자기 교실이 곤충 사육장처럼 되어 버렸지만 아이들이 많이 즐거워하는 데다, 교실에서 한번쯤은 곤충을 길러 보는 것도 괜찮을 것 같아서 그대로 보고만 있었다. 아이들은 모두 열심이었다. 자기 곤충한테 이름도 지어 주고 편안하게 지낼 수 있도록 집도 만들어 주었다. 또 곤충도감을 뒤져서 곤충의 생태를 공부하고는 밖에 나가서 먹이도 곧잘 구해 왔다.

교실 뒤쪽에는 사슴벌레와 장수풍뎅이가 기어 다니고, 공부 시간에 알락하늘소가 날아다녀도 나는 하고 싶은 말을 꾹 참았다. 아이들이 곤충을 많이 좋아하기에 자연으로 돌려보내자고 말하는 게 쉽지 않았다. 그렇게 며칠 동안 곤충들과 그럭저럭 동거를 하였다.

하루는 학교에 오자마자 민규가 뛰어와서 자기 톱사슴벌레가 죽었다며 울먹울먹했다. 이제는 아이들한테 말해야 할 시간이 된 것 같아 슬퍼하는 민규 손을 잡고 교실로 들어갔다. 곤충한테 정신이 팔려 있는 아이들을 책방에 불러 모으고 백석 선생님이 쓴 《개구리네 한솥밥》을 읽어 주었다. 동화 같기도 하고 시 같기도 해서 그냥 동화 같은 시라고 이야기했다.

개구리가 친구들을 도와주는 장면과 개구리를 다른 친구들이

도와주는 장면을 실감 나게 그려 놓아서 시를 훨씬 더 이해하기 쉬웠다. 우리가 학교 둘레 들판에서 본 달개비꽃, 냉이, 애기똥풀, 나팔꽃, 질경이 같은 꽃이나 식물이 있어서 아이들이 책에 더 집중해서 듣는 것 같았다. 책의 마지막 그림은 달개비꽃 속에 멍석을 깔고 마음씨 착한 개구리와 소시랑게, 개똥벌레, 하늘소, 쇠똥구리가 행복하게 웃으며 한솥밥을 먹는 장면이었는데, 아이들은 한참이나 보고 있었다.

책을 다 읽어 주고 나서 왜 이 동화 같은 시를 읽어 주었을지 물어보았다.

"친구끼리 사이좋게 지내라고요."

"남이 어려울 때 도와주라고요."

"자신이 먼저 남을 도와줘야 남도 자기를 도와준다는 것을 말하려고요."

자기가 키우던 톱사슴벌레를 잃은 아픔에 몸이 축 늘어져 있던 민규가 말을 했다.

"곤충들이 자연 속에서 서로 도와 가며 행복하게 살아가는 모습을 말하려고요."

이쯤 되면 내가 하고 싶은 이야기를 해도 될 것 같았다. 약간 긴장된 표정을 지으면서 아이들한테 물어보았다.

"있잖아. 곤충들은 언제 가장 행복할까? 그리고 곤충들은 어디에서 살고 싶어 할까?"

"자연에서 식구끼리 살 때가 가장 행복할 것 같아요."

"《개구리네 한솥밥》에 나오는 동물들처럼 자연 속에서 살고 싶어 할 것 같아요."

아이들이 당연하다는 듯 말했다.

"그래. 우리는 곤충이 귀엽고 예뻐서 별 생각 없이 곤충을 기르고 있지만 사실 곤충 처지에서 보면 날마다 무서운 날들을 보내고 있는지도 모르지."

좀 더 심각한 얼굴을 하면서 아이들한테 이야기했다.

아이들은 약간 혼란스러운지 어리둥절한 표정을 지었다. 지금까지 한 번도 장수풍뎅이나 사슴벌레, 알락하늘소의 처지에서 생각해 본 적이 없었기 때문이다.

아무 말도 못 하고 나만 바라보고 있는 아이들한테 나지막한 소리로 다시 물어보았다.

"지금 우리가 키우고 있는 사슴벌레, 장수풍뎅이, 안락하늘소는 행복할까?"

아이들은 아무 말이 없었다. 아이들은 어떻게 해야 할지 망설이고 있는 것 같았다.

아이들의 복잡한 마음을 조금이라도 빨리 가볍게 해 주고 싶어서 김미혜 동시집《아기 까치의 우산》에 나오는 시 두 편을 칠판에 적었다.

딱정벌레 한 마리

바닥에 떨어졌어요
딱정벌레 한 마리
몸 뒤집혀 버둥버둥
제자리 뱅뱅 맴도는데
허우적허우적 용쓰는데
뒤집을까 못 뒤집을까
멀거니 구경만 했어요
이걸 일기에 써야지
그런 생각만 했어요.

하느님, 이런 나를
보셨겠지요?

쉿!

지리산에 가서
반달곰 보거들랑

어디에서 보았는지

소문내지 마세요.

쫓겨 가면 안 되니까
사라지면 안 되니까

몰래 몰래 숨어 사는
반달곰 보았다
자랑하지 마세요.

마늘 먹고 쑥 먹고
어여쁜 낭자 되어
지리산 떠나가더라고 하세요.

쉿!
비밀이에요

먼저, '딱정벌레 한 마리' 시를 읽으면서 이야기 나누었다. 바닥에 떨어진 딱정벌레는 몸이 뒤집혀 자신이 할 수 있는 온갖 방법을 다 써서 몸을 바로 하려 한다. 몸 뒤집힌 딱정벌레는 너무나 불안하고 무서운 상태이다. 그래서 뱅뱅 돌아도 보고 허우적거리기도 하면서 빨리 몸을 바로 하려고 애쓴다. 이런 딱정벌레의 모습이 나한테는 그냥 재미있을 뿐이다. 내가 살짝만 도와주면 딱정벌레는 다시 편안한 상태로 돌아갈 수 있는데 딱정벌레의 처지보다는 내 처지에서 딱정벌레를 바라만 보고 있다. 딱정벌레가 살려고 처절하게 몸부림치는 것이 나한테는 그저 재미로만 여겨지는 것이다.

이 시를 읽고 나서 우리 반 아이들한테 자신이 키우는 곤충한테 가서 곤충을 찬찬히 살펴보도록 했다. 그러면서 혹시 자신이 딱정벌레를 바라보고 있는 그 아이가 아닌지 생각해 보라고 했다.

다시 자리로 돌아와서 '쉿!'을 읽었다. 지리산에 가서 반달곰을 보아도 왜 반달곰을 보았다고 소문내지 말라고 했는지, 반달곰이 시에 나오는 주인공 같은 아이를 만난다면 얼마나 고맙고 행복할지 이야기 나누었다. 반달곰을 생각하는 아이의 마음이 잘 나타나 있어 우리 반 아이들도 크게 공감하는 눈치였다.

마지막으로 시 두 편을 다시 큰 소리로 읽고 나서 자기가 키우는 곤충을 어떻게 할지 생각해 보자고 했다.

가장 먼저 곤충을 교실로 가지고 온 동익이가 말했다.

"아쉽지만 장수풍뎅이를 살려 줄래요."

민규의 쌍둥이 동생 민욱이도 동익이 말을 거들었다.

"저도요. 제가 계속 키우면 우리 형 톱사슴벌레처럼 결국에는 죽을 거예요."

다른 아이들도 자기가 키우던 곤충을 살려 주겠다고 한다. 그러면서 하얀 종이에 그림을 그리기 시작했다. 자기가 정성껏 돌본 곤충의 모습을 오래 간직하고 싶다며 똑같이 그리려고 애썼다.

그림을 다 그리고 나서 처음 잡았던 곳으로 가서 곤충들을 풀어 주었다. 많이 아쉬워하면서도 아이들 얼굴은 참 편안하고 행복해 보였다.

"행복해야 해. 그동안 미안했어."

곤충이 나무둥치로 사라지는 것을 보면서 아이들은 짧게 인사를 하였다.

교실로 돌아오니 곤충 냄새가 아직 남아 있었다. 아이들은 자기가 만든 곤충 집을 정리하면서 많이 아쉬워하는 것 같았다. 그렇지만 걱정거리가 없어진 밝은 얼굴이었다.

처음부터 아이들한테 장수풍뎅이가 불쌍하니깐 살려 주자고 내 생각을 바로 이야기했다면 아이들은 내가 보지 않는 데서 다른 장수풍뎅이를 키우려고 했을 것이다. 그렇지만 《개구리네 한솥밥》에서 다 같이 모여 한솥밥을 먹는 행복한 곤충들의 웃음을 기억하고 있는 한, 자기 욕심 때문에 힘없는 다른 동물들의 행복을 쉽게 빼앗지는 않으리라.

바닷가에서

"선생님. 날씨도 너무 좋고, 바람도 시원한데 우리 바닷가에 가면 안 돼요? 1학기 때 선생님이 바다 보러 간다고 약속해 놓고 바빠서 못 갔잖아요. 오늘 가요, 예?"

현빈이가 1학기 때 약속한 것을 용케도 기억하고 있었다. 이럴 때 참 난감하다. 약속을 했으니 안 지킬 수는 없고 그렇다고 무턱대고 공부 시간에 바닷가로 나갈 수도 없는 노릇이다. 마음 같아서는 그냥 편하게 아이들이랑 바닷가에 가서 아무 생각 없이 바다를 바라보며 놀고 싶지만 어디 대한민국 교사가 그럴 수 있는가?

얼른 국어책을 꺼냈다. 살펴보니 2단원 공부할 내용이 '좋아하는 시를 분위기에 맞게 낭송하는 것'이었다. 순간 바닷가에서 바다를 바라보며 바다에 관한 시를 낭송하면 되겠다는, 나름 옹색한 생각이 들었다. 내 대답만 기다리고 있던 아이들한테 큰 소리로 말했다.

"그래, 오늘 국어 공부는 바닷가에서 하자."

내 말이 끝나기가 무섭게 아이들은 벌써 복도에서 신발을 챙기고 있었다. 운동장에서 잠깐 기다려 달라는 말을 하고 나는 책꽂이에 꽂혀 있는 안학수 동시집 《낙지네 개흙 잔치》를 챙겼다. 혼자 읽으면서 미리 표시해 두었던 동시 가운데 오늘 분위기에 맞을 것 같은 동시 세 편을 급하게 복사했다.

그리고 아이들과 함께 바다로 갔다. 5분만 걸으면 바다에 갈 수 있는 거리인데, 길가에 핀 코스모스와 강가에 자란 갈대에 눈이 팔려 15분이나 지나서야 바다에 닿았다.

아이들은 바다를 보자 눈 오는 날 강아지처럼 좋아서 이리 뛰고 저리 뛰고 서로 부둥켜안으며 좋아했다. 사실 바다가 가까이 있어도 요즘 아이들은 마음 놓고 바다에서 노는 게 참 힘들 거라는 생각이 들었다. 내가 바다를 바라보며 감상에 젖어 있는 사이 아이들은 갯벌에 내려가 고둥도 줍고, 게도 잡으면서 즐겁게 놀고 있었다. 큰 갯돌을 뒤집어 그 밑에 있는 게를 서로 잡으려고 밀치기도 하고, 멋진 소라 껍데기를 주워서 귀에 대고는 파도 소리가 들린다고 자랑도 했다.

어느 정도 바다를 느낄 때쯤 아이들을 한곳에 불러 모았다. 모두 다 바다를 바라볼 수 있도록 앉히고는 '개펄 마당' '갯돌' '참갯지렁이', 이렇게 시 세 편을 나누어 주었다. 먼저 혼자서 시 읽는 시간을 가졌다. 조용히 바위를 때리는 파도 소리, 저 멀리 갈매기 울음소리, 그리고 바다 앞에 앉아 시를 읽는 아이들의 소곤거리는 소리가 너무 잘 어울렸다. 그냥 이대로 아무것도 안 해도 될 것 같았다. 혼자서 읽고 난 뒤 다 같이 큰 소리로 '개펄 마당'을 낭송했다.

밀릉슬릉 주름진 건
파도가 쓸고 간 발자국,
고물꼬물 줄을 푼 건
고둥이 놀다 간 발자국.

스랑그랑 일궈 논 건
농게가 일한 발자국,
오공조공 꾸준한 건
물새가 살핀 발자국.

온갖 발자국들이 모여
지나온

저마다의 길을 펼쳐 보인 개펄 마당.

그 중에 으뜸인 건
쩔부럭 절푸럭
뻘배 밀고 간 할머니의 발자국,

그걸 보고 흉내낸 건
폴라락 쫄라락
몸을 밀고 간 짱뚱어의 발자국.

바닷가 갯벌을 자세히 살펴본 사람은 알 것이다, 갯벌에 난 수많은 무늬를. 바위나 땅에만 붙어서 살 것만 같은 고둥이 지나가면서 어지럽게 그어 놓은 선, 몸이 가벼워 지나간 흔적도 남아 있을 것 같지 않은 게가 남긴 총총한 발자국, 군데군데 도장처럼 찍힌 새의 묵직한 발자국, 작은 물고기가 이리저리 헤엄친 자국들. 그냥 멀리서 바다만 바라보면 볼 수 없는 수많은 흔적들이 갯벌에는 고스란히 남아 있다.

아이들은 이 시를 참 좋아했다. 자신이 직접 눈으로 본 갯벌의 모습이 시에 잘 나타나 있고, 흉내 내는 말이 재미있게 표현되어 읽기에도 좋다고 한다. 갯벌에서 게도 잡고, 바지락도 캐고, 고둥도 줍고 한 것이 이 시를 쉽게 이해하는 데 도움이 되었으리라.

다음에는 '갯돌'을 같이 읽었다.

뾰룩뵤룩 뾰루지
따개비는 부스럼

찌덕지덕 생딱지
눌어붙은 굴딱지

새까맣고 얼룩진
울퉁불퉁 못난이

그래도 그 품에
아기 달랑게를 품었다.

그래도 그 등에
꼬마 갯강구를 업었다.

바닷가에 있는 돌이 이 시를 들으면 참 행복해할 것이다. 아무도 관심 가져 주지 않는 못생기고 보잘것없는 갯돌한테 의미를 부여한 시인의 따뜻한 눈을 아이들도 느끼는지 시가 따뜻하고 좋다고 한다. 그러면서 조금 앞에 아무 생각 없이 돌 위에서 장난치고 돌을 뒤집었는데, 가만 생각해 보니 아기 달랑게와 꼬마 갯강구의 보금자리를 빼앗은 것 같아 미안한 마음이 든다고 한다. 이런 미안한 마음을 담아 갯돌과 아기 달랑게, 꼬마 갯강구가 들을 수 있도록 큰 소리로 '갯돌'을 한 번 더 낭송했다. 마지막으로 '참갯지렁이'를 다 같이 소리 내어 읽었다.

진흙 속에 살아도
나는 안다.

점점 흐려지는 수평선
그 길이가 몇 리인지,

자꾸 탁해지는 바닷물
그 깊이가 몇 길인지,

갈수록 좁아드는 갯벌
그 남은 넓이도 얼마인지
다 안다.

길쭉한 내 몸은 줄자.
총총한 지네발 눈금으로

똑바로 재어 보아
아주 잘 안다.

처음에 읽을 때는 분명히 큰 소리로 읽었는데 끝나 갈쯤에는 소리가 작아진다. 시를 읽으면서 아이들도 시의 분위기를 한껏 느끼는 것 같았다. '갯지렁이가 불쌍한 생각이 들었을까? 아니면 나처럼 바다한테 미안한 마음이 들었을까?' 아무 말도 못 하고 있는데 광일이가 한마디 한다.

"선생님, 학교 올 때마다 바다를 보는데 바닷물이 자꾸 더러워져요."

광일이 말을 듣고 보니 바닷물이 그리 맑지 않다. 나라에서 지정한 청정 해역이 이 정도면 다른 쪽 바닷물은 더 심할 것이라는 생각이 들었다. 아이들과 좀 더 이야기를 깊게 해야 할 것 같다는 생각이 들었다. 국어 시간 두 시간이 다 지났기에 바다를 뒤로하고 교실로 돌아오는 내내 아이들도 마음이 무거운지 장난을 치지 않았다.

다행히 다음 시간이 도덕 시간이어서 아이들과 바다 이야기를 좀 더 나누었다.

마지막으로 '참갯지렁이'를 한 번 더 읽었다. 참갯지렁이가 갯벌에서 더 이상 고통받지 않고 행복하게 살기를 마음으로 빌었다.

나는 우리 아이들이 바다를 볼 때 그냥 아름다운 푸른 바다가 아니라 바지락, 개조개, 고둥, 게, 갯지렁이, 낙지, 갯강구, 갯가재가 서로 어울려 열심히 살아가는 삶의 터전으로 생각해 주길 바란다. 그래서 대부분의 사람들처럼 바다를 멀리서 구경하며 머리로 대충 생각하는 게 아니라 바다 생명들의 삶을 생각하고 느끼며 마음에 담기 바란다.

소라

소라가 기어간다.
고불고불 지름길
소라가 간 길을 따라 가 보니
두 마리가 만나 있었다.

동익이는 바닷가에 갔다 와서 시공책에 이 시를 썼다. 동익이는 다음에 어른이 되어도 분명히 소라 두 마리가 행복하게 살고 있을 바다를 생각할 것이다.

나는 우리 아이들이 동익이처럼 자기만의 바다를 만들기 바란다. 그래서 다음에 어른이 되어서 힘들거나 어려울 때 바다를 바라보며 힘을 얻을 수 있길 꿈꾼다.

시가 있는 바닷가 어느 교실

1판 1쇄 | 2018년 10월 19일　1판 2쇄 | 2019년 12월 26일

글쓴이 | 최종득
펴낸이 | 조재은
편집부 | 김명옥 육수정
영업관리부 | 조희정 정영주

펴낸곳 | (주)양철북출판사
등록 | 2001년 11월 21일 제25100-2002-380호
주소 | 서울시 마포구 양화로8길 17-9
전화 | 02-335-6407
팩스 | 0505-335-6408
전자우편 | tindrum@tindrum.co.kr
ISBN | 978-89-6372-281-8 03810
값 | 13,000원

편집 | 이혜숙　디자인 | 김선미　그림 | 김선미 홍하랑

잘못된 책은 바꾸어 드립니다.